エセルバートはニーナを抱きしめる腕に力を込めて、
さらに身体を密着させた。
「ひぃぃ……っ」
「照れ隠しだとしても傷つくぞ。気持ちが通じたと思えば
離れたいだなんて、随分俺を振り回してくれる」

腹黒陛下の甘やかな策略

～婚活を助けたらプロポーズされました!?～

月城うさぎ

Vanilla文庫

腹黒陛下の甘やかな策略

婚活を助けたらプロポーズされました!?

CONTENTS

イラスト／小禄

プロローグ

ディアンサス王国の国王側近、セドリック・ゴードンは頭を悩ませていた。

己の主であり、乳兄弟でもある若き国王のエセルバートが一向に婚約者を選ぼうとしないのである。

早くに父王を亡くし、十八歳で即位したエセルバートも御年二十六歳。陽の光を凝縮したような金の髪にエメラルド色の瞳を持つ、華やかな容姿が人目を惹く美丈夫だ。

国内外問わず多くの女性が憧れを抱き、初心な少女の初恋を無自覚に奪っていることを本人は知らない。

だがエセルバートは数多の年頃の貴族令嬢から好意を寄せられるも見向きもせず、思わせぶりな態度も一切取らない。

自身の幸せよりも国王としての政務が優先だと主張し、婚約者選びを延期し続けてきたが……さすがに八年も経てばその言い訳も通用しにくい。

「……陛下、私もこんなことを何度も言いたくないのですが、いい加減婚約者を選定しないと」

「まだ早いだろう」

「そんなことを言っても、陛下ももう二十六歳ですよ！　いいですか、年頃で婚約者もいない貴族令嬢たちは皆陛下に選ばれることを待っているんですよ。彼女たちから選ぶつもりがないなら、さっさと意思表示をするべきです。未練を持ったまま婚約者なんて選べないでしょう」

　セドリックは婚期を逃すかもしれない娘を持つ貴族たちに散々嫌味を言われてきた。気持ちがわかるだけに、エセルバートに苦言を呈してしまう。

「俺に期待しなければいいだけだろう」

　エセルバートが眉根を寄せる。

　理解不能とでも言いたげな表情に、セドリックは溜息をグッと堪え……られなかった。

「はあ……、本気で仰ってますか？　それに、陛下の御父君が陛下の年齢のとき、あなたは六歳でしたよ」

　遠い過去を思い出す。二十年前もよくエセルバートの世話を焼いていた。

「一部では陛下はもう妃を選ぶつもりがないのではないかと噂される始末です。現在王位継承者は陛下の叔父君だけ。あの方は生涯独身を宣言されています。陛下が早く世継ぎを作らないと、この国は混乱します」

若くして先王が崩御したため、エセルバートは成人前に即位した。

芸術家肌だった先王の治世は数多くの問題を抱えており、数年を費やしてようやく落ち着くことができたのだが……。

「面倒だな。誰を選んでも火種にしかならんし全員好みじゃない」

婚約者候補に上げられた貴族令嬢の名を見て、エセルバートはげんなりしていた。絶世の美女も可憐（かれん）な令嬢も嫌だとは、随分我がままである。

一体誰ならいいのだ。

——もしや本当に陛下の恋愛対象者は同性なのでは……。

エセルバートの叔父が同性愛者であるように、彼もまた男性にしか欲情できないとなると、王城はさらなる混乱に陥りそうだ。

セドリックが貧血気味に頭を抱えていると、エセルバートが予期せぬことを言いだした。

「いいことを思い付いた」

「……はい？」

先ほどまでは不機嫌極まりない顔で婚約者候補の名前を眺めていたのに、今ではニンマリと笑っている。

——嫌な予感がする……。

不吉な笑みだ。

良からぬことを企(たくら)んでいる、悪巧みの笑顔。

「それは、どんな名案を思い付いたのですか」

「なに、大したことじゃない。貴族の誰を選んでも厄介ごとにしかならんのであれば、俺が選ばなければいいだけのこと」

「つまり……大臣たちが選んでもよろしいと?」

自分の伴侶選びを他者に委ねるような人ではない。それに政略結婚をしろと言っても、大人しく従うような男ではないのだ。

「なんで耄碌(もうろく)じじいたちに決定権をやらねばならん。そうじゃない、占いだ。誰もが納得する方法がうちにはあるだろ?」

「まさか……占いで相性のいい女性を選ぶと?」

信じられないとでも言いたげに、セドリックの目が見開かれる。

だがエセルバートの顔に冗談は浮かんでいなかった。

第一章

冬の寒波が過ぎ去り、色とりどりの花が芽吹き始める三月下旬。

暖かい日が訪れるにつれて、ディアンサス王国の王都も活気を取り戻しつつあった。

冬の時期には閑散としていた市場も人で賑(にぎ)わい、どこからともなく楽し気な声が聞こえてくる。

「ん～気持ちいい！　絶好の散歩日和だわ」

春の息吹が心地よく肌を撫(な)でていく。

柔らかな風を感じながら、ニーナは空を見上げた。

水彩絵の具で描いたような柔らかな雲がゆらゆらと浮かんでいる。淡い水色で塗りつぶされた春の空は、見ているだけで癒(いや)されそうだ。

冬の凍(い)てつくような風も身が引き締まる心地で嫌いではなかったが、やはり春には勝てない。

自然と気持ちが向上してくるのを感じながら、ニーナは通い慣れた市場を通り過ぎて目的地の雑貨店に到着した。

「こんにちは」

扉につけられた鈴がチリン、と音を立てた。

店内は可愛らしいぬいぐるみや髪飾りに食器など、若い女性に好まれる雑貨が数多く揃えられており、いつも女性客で賑わっている。

市井に住む少女のお小遣いで手に入れられる値段も人気の理由だろう。

「いらっしゃいませ、ニーナ様」

雑貨店の店主が現れた。ニーナよりいくつか年上で、フリルがついたエプロンドレスが良く似合っている。

「こんにちは、キャシー。相変わらず繁盛しているようですね」

「ありがとうございます。最近は特に夫が隣国から買い付けてくる雑貨類も人気なんですよ」

キャシーが言う通り、女性客が珍しい色合いのティーカップを手に取っていた。はっきりした色使いが鮮やかで、この辺では見かけないデザインだ。

じっくり見てみたいところだがゆっくりしていられない。

ニーナは手に持っていたバスケットから今月の納品分をキャシーに手渡す。

「これ、お願いします」

「待ってました！　品切れが続いていたので、お客様からの問い合わせも多くって」

「そうだったんですか？　二週間前に納品したばかりなのに」

店の一画を見つめる。

そこはニーナが委託販売をしているお守りが並べられている。

――あれ、恋愛のお守りだけ売り切れてる？

他のお守りはまだ在庫が数個残っているが、その他は安眠効果のあるポプリが残り一個のみ。どうやら若い女性客は恋のお守りが一番気になるらしい。

「今までより売れ行きがいいのはうれしいけど、急にどうしたのかしら？」

「そうですね、春だからというのもあるかもですね。暖かくなってきたら、恋の季節が到来しますし」

「なるほど……」

確かに多くの貴族も春になると王都に集まってくる。冬眠を終えた動物が巣から出てくるのと似ているかもしれない。

――まあいっか！　必要としてくれる人がいるのは純粋にうれしいし、お小遣い稼ぎになるもの。

恋愛、健康、五穀豊穣などのお守りをそれぞれ五個ずつ納品し、安眠効果のあるポプリも数個補充した。次は恋愛成就のお守りを多めに作った方がいいかもしれない。

「王家に仕える我が国の占術師が作っているお守りと公表したら、もっと人気が出ると思いますのに……」

「それは絶対にダメです。私はまだ見習いの身ですし、おばあ様に怒られちゃう」

ニーナの祖母、セレイナはディアンサス国の王家に仕える占術師だ。ニーナも占術師見習いとして王城の敷地内にある星の塔に住んでいる。

雑貨店で委託販売をしているお守りは、事前に祖母から許可を得ているものだが、ニーナはまだ半人前だ。

それでもニーナが作るお守りにはほんのちょびっとだけ効果があるし、誰かの気持ちを後押しできるものとして好評だ。特に恋愛成就のお守りは、最近では市井に住む少女たちの間で好きな人とお近づきになれたなど、密かに話題になっている。

とはいえ、これはあくまでもニーナが個人的な趣味と実益を兼ねて作っているもの。大々的に占術師の名を使ってしまえば大ごとになってしまう。

——変に話題になってしまうのは困るわ。注目なんか浴びたら批判が殺到しちゃう。

ここでひっそりと委託販売をしているのも、できるだけ詮索されたくないからだ。面倒ごとは避けたい。

「ニーナ様は謙虚ですね……ああ、忘れないうちに。こちらが二週間分の売り上げと明細書ですわ」

「ありがとうございます！　では、またよろしくお願いしますね」

布袋の中には明細通りの硬貨が入っていた。

売り上げの一部は雑貨店に納めて、残りはニーナの懐に入る。このお金でお守りを作るときの材料を購入し、残りがニーナの小遣いだ。

――ふふふ、硬貨の重みってすごく素敵（すてき）だわ！

売り上げはさほど多くはないが、じゃらじゃらとした感触がポシェット越しに伝わってきて気分がいい。

とはいえニーナは金銭的に困窮しているわけではない。ある程度のものは申請さえすれば手に入るが、いちいち用途を伝えるのが煩わしい。

ちょっとした研究材料や娯楽なら自分の懐から出したい。そのため自分で稼いだお金というのは特別なのだ。見習いの身では、衣食住に困らなくても自由に使えるお金はほんの少ししか入ってこない。

――なにを買おうかな……やっぱりお菓子かしら。そろそろ季節限定のお菓子が売られる頃だもの。

雑貨店を出て、軽やかな足取りで人気の菓子店に向かう。

普段は塔にこもりっきりのニーナにとって、この買い出しは月に二回の楽しみだ。

毎回購入するものは手軽に食べられる飴（あめ）が多い。

果汁がたっぷり使われた飴は糖分補給に欠かせない。小瓶に入っていて、見ているだけでも楽しめる。

店頭に並べられている焼き菓子が目に入った。季節の果物のジャムが練りこまれた限定品だ。

——おいしそう。これも買っちゃおうかしら。焼き菓子なら日持ちがするし、数日に分けて食べても腐らないわよね。

つい欲望の赴くまま全部食べてしまいそうになるので、購入したお菓子は楽しみを分散するようにしている。飴が多いのはそういう理由だ。

店内でゆっくりケーキも味わいたいところだが、さすがにお茶をするまでの時間はない。日が暮れるまでには星の塔に帰らなくては。

目当ての飴と限定の焼き菓子を選んでいると、若い女性客の会話が聞こえてきた。

「——そういえば聞いた？　そろそろ陛下の婚約者が決まるって噂」

「ええ、みんな噂しているものね」

「陛下ももう二十六歳だし、どんな令嬢が選ばれるのかしら」

「誰が選ばれても、初恋が砕け散る女性が続出するわよね」

はあ、と溜息が響いた。

どうやら彼女たちは若き国王のファンらしい。

――なるほど。もしかしてそんな噂も流れていたから、私の恋愛成就のお守りがいつも以上に売れたのかしら？

本気でお守りが意中の相手との縁を紡（つむ）いでくれるとは思っていなくても、もしかしたらという希望を託して購入しているのだろう。

お守りの加護のおかげで国王の妃になれるわけではないが、貴族令嬢であれば選ばれる可能性もゼロではない。

――でも、さすがに貴族の令嬢が私のお守りを買うとは思えないけれど。市井の女の子たちが面白半分で買ってくれているのかも……？

しかしながら、あちらこちらで噂になるほど国王は人気者らしい。

ニーナは国王と対面したことはなく、遠目からちらりと窺（うかが）ったことがあるくらい。はっきりとした記憶はなくても、キラキラした印象だったのは間違いない。

「私、陛下以上に見目が麗しくて美しい男性を見たことがないわ」

「去年の誕生祭での演説は朝早くから並んで、場所取りしたものね。ものすごく眠かったけれど、遠目からでもご尊顔を堪能できて夢心地だったわ」

女性たちの会話を盗み聞く。彼女たちの方が自分よりも国王の顔をはっきり覚えているらしい。

ニーナは去年の誕生祭を思い出そうとするが、まったく記憶に残っていない。恐らく夕方まで寝ていたのだろう。

――数多の女性の初恋を奪うくらい、陛下が見目麗しいのは疑いようもないけれど。凄まじいのね……これは婚約者選びも荒れそうだわ。

きっと簡単には決められないため、国王が二十六になっても婚約者候補すら選ばれていなかったのだ。

だがいつまでも独身でいることはできないと腹をくくったらしい。

婚約者を選ぶ気になったのはいいことだ。これでようやく臣下の肩の荷も下りる。それに無自覚に年頃の女性たちの心を奪うのは、たとえ国王であっても罪深い。

結婚適齢期の女性の時間は貴重なのだ。それが貴族令嬢であればなおのこと。

――確か陛下の婚約者が決まらないから、まだ誰とも婚約していない貴族令嬢たちが巻き添えを食っているとか。

行き遅れになってしまった令嬢がいたら不憫すぎる。多くの場合は本人の意思ではなく、当主の判断で振り回されてしまうだろうから。

昨今では貴族間の恋愛結婚が増えてきたとはいえ、家同士の政略結婚がなくなったわけではない。

とはいえ、ただの占術師見習いのニーナには関係のない話だ。

ニーナは一応、マルヴィナ辺境伯の令嬢ではあるが、社交界デビュー後は一度も社交の場に出ていない。

貴族の令嬢としてニーナを知っている者はほとんどいないし、交友関係も極端に狭い。世間的には忘れ去られた存在になっている。

ニーナが祖母の跡を継ぎ、占術師として生きる道を選んだ時点で家名を名乗る機会もやってこない。占術師には家名がないとされているのだ。

セレイナが先代のマルヴィナ辺境伯夫人だということを知る者は国王の他にたった数名しかいない。占術師の素性は国家機密のひとつに数えられている。

結果、ニーナもただのニーナとしか名乗っていない。結婚相手に貴族令嬢としてのうまみを与えられない時点で、ニーナへの縁談は舞い込んでこないだろう。

もしかしたら一生結婚しないかもしれないが、占術師として自由気ままに生きられるのは望むところだ。家名を背負わず実力の世界で生きるのも、緊張感があって楽しい人生だと思う。

——あ、そうだわ。おばあ様なら陛下と相性のいい女性も占えるかも。

星を読んで未来を占い、不吉を祓(はら)うことができる占術師。セレイナが残した数々の功績が公に出ることはないが、王家が重宝するほどの才を持っている。

依頼を受ければ赤子の運命を左右する名づけもするし、現国王の名付け親もセレイナが任されたとか。

掘れば掘るほど彼女の功績はわんさか出てくる。セレイナなら片手間で相性占いもできるはずだろう。

――特定の相手との相性は占えるけど、不特定多数の中から相性がいい女性を選ぶのはできるのかしら？　ある程度候補者を絞るなら無理ではないと思うけれど……時間がかかりそうね。

見習いのニーナが把握していないだけで、そのような依頼を密かに受けていてもおかしくはない。国王の婚約者候補の中から政治的な理由を抜きにして、純粋に相性のみを占うよう依頼が行っているかもしれない。

そんなことを考えながら夕暮れまでに王城へ戻り、敷地内の奥まった場所にある星の塔へ向かった。

代々の占術師が住まう塔は王城からさほど遠くないが、森に近く人気のない場所に建てられている。すぐ近くに建物はないため、塔の周辺をうろつく人間はニーナたちに用事があるか、迷ったかのどちらかだ。

施錠されている扉を開錠し、塔の上階まで螺旋階段で上がる。自室の鍵を回し、入口に荷物を置いた。

「はあ、疲れた……」

たまにしか外出しないため、運動不足が身に染みる。

ブーツを脱いでいると、誰もいないはずの部屋から挨拶が返ってきた。

「おかえり、ニーナ」

「……っ？」

部屋の奥へ急ぎ足で向かうと、軽装姿の男が絨毯（じゅうたん）の上で寛（くつろ）いでいる。

彼はニーナのお気に入りの大きなクッションに背を預けて、のんびり読書をしていた。

長い脚を伸ばしてだらける姿は、どこから見てもこの部屋の主のよう。

誰もいない自室に来訪者がいるなんて……ニーナはしばし啞然（あぜん）とし、ハッとして問いかける。

「なんでここにいるんですか、セドリック様……！」

男の名前はセドリック・ゴードン。

若き国王の側近であり、ゴードン侯爵家の嫡男だ。

「思ったより早かったな」

ニーナの質問には答えるつもりがないらしい。彼はすっと流し目を向けるだけで様になるほど整った顔立ちをしている。

なにも年頃の令嬢たちに人気なのは国王だけではない。二十代半ばで独身、将来有望な侯爵家嫡男のセドリックもまた噂の的なのだ。

国王のように煌（きら）びやかな容姿ではないが、端整な顔立ちと温和な性格で人望も厚い。

こげ茶色の髪は思慮深く、深い緑色の目は理知的に見えるが……ニーナは噂で聞く彼の人物像がいまいちピンとこない。

――女性の部屋に平然と入り込んでゴロゴロしてる人と同一人物なのかしら？　大型の猫にしか見えないのだけど……。

彼は時折国王の遣いでやってくるが、ニーナはサボりに来ていると思っている。

本人は息抜きを兼ねていると言っているが、不在中の訪問は避けてほしい。とっても心臓に悪い。

「ちゃんと鍵をかけていたはずなのに、不法侵入ですよ？」

「人聞きが悪い。合鍵を使っただけだ。ほら」

見覚えのある鍵を見せられた。ニーナはそもそも合鍵の存在を知らない。

セレイナが渡した可能性もあるが、この男が密かに作ったとも考えられる。

じっとりとした目で鍵を凝視してしまうのは仕方ない……ニーナは溜息をグッと堪えた。

「わかりました。ではそれ返してください」

「ダメだ。君の生存確認のためにも預かっていていいと、セレイナ殿に許可を得ている」

いつの間にか祖母とそんなやり取りをしていたらしい。

不在がちな祖母が孫娘を心配しているとも考えられるが、一応ニーナも年頃の若い女性だ。去年成人を迎えたばかりの十八歳で、恋人はいない。

間違いが起こる可能性もゼロではないのに、祖母は少々楽観的すぎないかと詰りたくなった。

――いえ、違うわ。そんな心配をするような未来は視えないから、セドリック様に出入りを許可しているのよ。間違いは起こりえないという自信があるんだわ。

だが生存確認のためというのは、ニーナの生活には不安を覚えているということだ。

ニーナへの信頼のなさに少々思うところもなくはない。

「私はちゃんと生きてますので不要ですよ」

「占いと趣味に没頭しすぎて飲食を忘れたり、睡眠不足になっているのに？」

「……」

「昼夜逆転の生活も健康に悪いというのに。星を読む時間以外も起きているだろう」

「……毎晩ではありませんけど」

――なんで把握されてるの。

ニーナはそっとセドリックから目を逸(そ)らす。

テーブルの上に買ってきたお菓子を置いて、肩にかけていたショールを脱いだ。

「……それで、わざわざうちでサボりに来たんですよね」

セドリックの訪問目的を再度確認することにした。

「サボりと言われると語弊があるけれど、陛下のお遣いで来たんだよ。君が帰ってくるまで中で待たせてもらっていただけだ」

パタン、と閉じた本は、恐らくニーナの本棚に入っていたものだろう。

一体なにを読んでいたのだろうか。

棚の奥に隠している恋愛小説じゃなければいいけれど……と密かにドキドキしながら、ニーナは適当に相槌を打つ。

「そうですか。ではご用件をお聞きしますので、終わりましたら鍵を置いてお帰りを」

「そういえば君が好きだろうと思って、シュークリームを持ってきたんだが」

「え！　それを早く言ってください！　さあこちらへどうぞ。すぐにお茶を淹れますね」

ササッとダイニングテーブルの椅子を引く。

お菓子があるなら雑に帰すわけにはいかない。

「ニーナのそういう現金なとこっていいと思うよ。裏表がなくて」

セドリックが苦笑しながら立ち上がった。

のんびり寛いでいる姿は大型の猫のようだが、立ち上がると上背があり騎士のように鍛えられているのがわかる。

小柄なニーナが並ぶと彼の肩にも届かない。

――陛下の側近って言われなければ、体格的には騎士でも通りそうよね。

実は騎士団にもいたことがあるのだろうか。着ている服装も落ち着いた色味が多いが、整った顔立ちをしているので地味な印象にはならない。

確かに華やかな美貌を持つ国王とセドリックが並べば、女性たちの視線が集中することだろう。話題の的になるのも頷(うなず)ける。

「紅茶がいいですか？　それともお疲れでしたらハーブティーにしましょうか」

「せっかくだしニーナ特製のハーブティーがいいかな」

「わかりました。疲労回復のお茶にしますね」

ニーナの特技のひとつがお茶を淹れることだ。

これはセレイナ直伝で、幼少期から鍛えられた。

ちょっとした身体の不調なら、占術師のお茶を飲めば回復すると言われている。恐らく占術師が持つ特殊な力の恩恵なのだろう。

——お茶を淹れてあげるだけで仕事が捗(はかど)るなら、いくらでも淹れましょう。いつもおいしいお菓子も持ってきてくれるし、喜んでもらえるのは純粋にうれしいわ。

ただ無断で侵入されるのは心臓に悪いのでやめていただきたい。

事前に連絡を受けていれば、ニーナも邪険には扱わない。

——まあ、息抜きを事前に報告するのは難しいかもしれないけど。

国王の遣いと言うのは建前だと思っている。もちろん用事はあるのだが、大して緊急性が高いものではない。

セドリックがニーナの元へやってくるのは、単純にお茶が飲みたいからだろう。あとは豊富な蔵書が目当てだ。

ニーナの部屋は壁一面が本棚になっている。代々の占術師から譲り受けた珍しい本で溢れており、読書をするのに心地いい空間を意識していた。

先ほどセドリックが寛いでいた場所には絨毯が敷かれ、ふかふかの大きなクッションとブランケットも置いてある。昼寝をするにも最適だ。

「ああ、いい香りがする」

ニーナ特製のハーブティーを淹れると、セドリックの目尻が下がった。やはり彼はニーナが淹れるお茶を気に入っているらしい。

「うん、おいしい」

「ありがとうございます。でも陛下の側近なら、ご自身でもおいしいお茶を淹れられるでしょうに」

「ただおいしいだけなら他の人でも同じだけど、占術師が淹れてくれるお茶は特別。それに可愛い女の子に淹れてもらった方がおいしく感じるものだろう」

「なるほど、視覚的な効果もあるということですね。わかります」

ニーナもたまに行くカフェの店員にお茶を淹れてもらうのが好きだ。自分で淹れるのとは違った味がする。少しそわそわするような空間も刺激的で、嫌いではない。

「そこは可愛い女の子って私のこと？　と、頬(ほお)を染めるのが普通の反応じゃないのか」

「お望みなら頬紅(ほおべに)でもつけてきましょうか。確かどこかにしまってあったかと。シュークリームのお礼にそのくらいはしてきますよ」

次もおいしい食べ物をくれるなら、多少の手間はかけてもいい。ニーナは奉仕(サービス)精神のある占術師見習いなのだ。

「そういう工作は見えないとこで気づかれないようにするものだよ」

シュークリームにかぶりつくニーナに、セドリックが苦笑を漏らす。

口説き文句のような台詞(せりふ)をいちいち真に受けるほど、ニーナは初心ではない。

――いえ、恋愛とは無縁だけど。初恋もまだだもの。

だがごくたまに濃厚な恋愛小説を読むこともあるので、知識だけはあるのだ。

小説の中の口説き文句はとても口にするのは憚(はばか)られるほど歯が浮いた台詞が多い。

それにセドリックのような色男の恋愛対象に見られるとは思っていない。精々自分はからかい甲斐(がい)のある見習い程度だろう。

「セドリック様は陛下の傍(そば)にいることが多いので、他に若い女性とは接点がないんですか？　陛下の侍女とは交流がありそうですが、手を出すのは厄介ですものね」

「それはそうだけど。言い当てられるのも釈然としないな」

セドリックは独身で、特定の相手はいないらしい。

王城内に恋人がいたらニーナのところに仕事をサボりに来ないだろう。恋人の元で癒しを求めるはずだ。

「私が言うことじゃないですけど、仕事ばかりして私生活を疎かにするのはもったいないですよ」

「ニーナこそ、そろそろ将来の伴侶選びをする年齢なのに、大半の時間をこの塔に引きこもっているじゃないか。まだ十八歳だと言っていたらあっという間に適齢期を過ぎてしまうぞ」

「私はいいんです。結婚してもしなくても。素敵な殿方と巡り合わなかったら、占術師として一生を終えるつもりですから」

社交界に出るつもりはないのだから、婿探しをするのも難しい。

元々ニーナはオルコット伯爵家の令嬢だった。

十歳のとき、ニーナの両親が乗った馬車が崖崩れに巻き込まれて事故死した。数日降り続いた長雨が招いた不幸な事故だった。

オルコット伯爵家の家督は叔父が引き継ぐことになり、ニーナは母親の生家であるマルヴィナ辺境伯に引き取られた。ちょうど辺境伯の家督を受け継いだばかりの母の弟の元へ養子に入り、ニーナには年の離れた弟が一気に二人もできた。

マルヴィナの名を与えられてから、ニーナははじめて自分の祖母が王家に仕える占術師だと知った。

占術師の素性は公には秘匿されているので、身内でも箝口令が敷かれている。外に嫁いだ母が、祖母のことを滅多に話さなかったのは特別な事情があったから。ニーナの母には占術師としての才能がなかったそうだが、ニーナにはその片鱗があったようだ。

セレイナの勧めで占術師見習いの道を歩むが、二年前に祖父の望みもありマルヴィナ辺境伯令嬢として社交界デビューを果たした。

だが社交界に出たのは一度きり。

気になる男性と出会うことも恋が芽生えることもなく、ニーナはあっさりドレスを脱いで占術師のローブを着込んだ。占術師を引退するまで、ニーナはマルヴィナの家名を名乗ることなくただのニーナとして生きていく。

――私はきっと、貴族令嬢として嫁ぐことはないんだろうな。

だがもしも祖父母がニーナにぴったりな婚約者を選んできたら大人しく従うつもりだ。特に未来がわかる祖母が選んだ相手なら、よほどのハズレはないだろう。孫娘に不幸な婚姻を強いる人ではない。

「セレイナ殿がなにか考えているかもしれないな」

そう呟いてから、セドリックがちょんちょんと鼻を指差して、ニーナの鼻についたクリームを指摘した。ニーナの頬が僅かに赤くなる。

「そういう反応はするんだな」

「……ニヤニヤするのはやめてもらえませんか？　子供みたいって思われるのは恥ずかしいんです」

ポケットからハンカチを取り出し、クリームを拭う。

ハーブティーを半分ほど飲んでから本題に入った。

「それで、今回の陛下からのお遣いとは？　おばあ様への依頼でしたら連絡しておきますけど」

「いや、今回はセレイナ殿ではなくニーナに依頼したい」

「え、私？　でも私は見習いですし、正式な依頼を受けるには相応しくないと言いますか……はっきり言って力不足ですよ？」

それはセドリックもわかっているはずだ。

彼との付き合いも、ニーナが星の塔に住み始めてからなのでそろそろ二年になる。

次代の占術師として祖母から本格的に占術を学んでいるのだが、正直あまり手ごたえがない。

ニーナが得意とするのは花を使った占いや、雑貨店に卸しているお守りくらいのもので、星を読むことも未来を占うことも今ひとつ……というところだ。自分の実力不足はニーナが一番わかっている。

――一生占術師として生きてみたいなんて大口を叩いたけど、正直向いているのかはわからないのよね……。

占術師は貴族でも平民でもない。王家に意見が言える特殊な立ち位置だ。いわば中立的な立場で、数多くのしがらみから解放された自由がある。

とはいえ誓約や行動制限もあるので、完全な自由とも言えないが。

――はっきり言って今のままなら、おばあ様のようになれるとも思えない。未来の予測も的中率が微妙だもの。

お守りづくりとお茶を淹れること以外、なにか役に立てるだろうか。

本音を言うと、占いは好きだが王家に仕えるのは荷が重い。ニーナの才能は精々王都で小さな店を営み、街の人のお悩み相談所を開けるくらいのもの。

雑貨店で委託をするようになってから、地域の人と交流できる程度の規模の方が合っているかもしれないと思っていた。

「とりあえず話を伺います」

空になったカップにお茶を注ぎながら続きを促すと、セドリックは国王について話しだした。

「陛下の婚約者候補について、君も噂くらいは聞いたことがあるだろう」

「ええーと、陛下が誰も婚約者を選ばないから、まだ婚約者がいない結婚適齢期の令嬢がやきもきしているという話ですか？　正直な感想を申し上げると、陛下に罪はないと思いますが、完全に非がないわけではないですよね……適齢期の女性の時間って殿方が思う以上に大事ですので」

「……それはその通りだが、なかなか手厳しいな。ニーナもやきもきはしないのか？　陛下の婚約者が誰になるのか気になるだろう」

「いえ、個人的には特には。私は陛下に直接お会いしたことはないですし、初恋を捧(ささ)げたわけでもないので」

「初恋は誰に捧げたんだ」

「そこ気になりますか？」

変なところで食いつかれた。

十八歳になってまで、誰にも恋をしたことがない方が少数派かもしれない。

「君の恋が成就したのかどうかは気になるだろう。もしもまだ片想(かたおも)い中なら、私がこうして出入りするのも気を使わなくては」

相手に目撃されたらニーナが困るとでも思ってくれたのだろうか。

意外な気遣いを感じて少々戸惑うが、「ご心配なく」と返した。

「片想いもなにも、好きな人なんていませんので。初恋も未経験です」

「そうか。今度はクリームがたっぷりのったケーキでも持って来よう」

「慰められてます？」

色気より食い気だと思われたらしい。

事実だけに微妙な気持ちになる。

「私も陛下が素敵な女性と結ばれたら喜ばしいと思ってますよ。できれば政略結婚とかではなく、想い合う二人の恋が実ったらいいなって。歌劇のような純愛とまではいかなくても、そういう恋物語に女性は憧れますので」

若き国王との結婚は、それだけで話題性もあり誰もが羨むものだろう。

そこに素敵なロマンスがスパイスとして加われば、選ばれずに泣く令嬢も心から喜べそうだ。

だが欲を言えば、占術師として王妃と関わることもあるとしたら、気性が穏やかで思慮深く他者を思いやれる女性を選んでほしいと思う。傾国の美姫(びき)などは争いの種になりそうなので避けてほしいところだ。

――なんて、身勝手な意見は言わないけれど。陛下もいろいろ考えているから本格的に選んでいないのかな……意中の女性がいないのであれば、きっと不安要素が少なくて中立的な家から選びそうよね。

他国の姫との縁談もありそうだが、やんわり断っているのかもしれない。

ニーナは国王を尊敬しているが、多くの令嬢のように恋心は抱いていない。彼女たちが感じるような嘆きは理解できないだろう。

セドリックがこめかみあたりを指で揉み解しながら、小さく嘆息する。その様子から察するに、いろいろと振り回されているらしい。

「陛下に人目を忍んで育むような恋をしている暇はないな。歌劇のような純愛は難しいが、今後の参考にはしておこう」

「はあ、そうですか……セドリック様も大変ですね」

側近というのは主の幸せを一番に考えるものなのだろう。献身的な人じゃないとできない職業だ。

「今まで婚約者選びを先延ばしにしてきた陛下にも事情はあるのだが、ご令嬢たちに期待を抱かせてきたのは罪深いだろうな。本人は結婚についてははっきり宣言してきたと言っているが、それでも期待をするなと言う方が無理な話だ」

――大臣たちは自分の娘を差し出したいし、もしかしたらいつか陛下の気が変わる日がくるかもって期待するものね……一番の被害者はご令嬢たちだけど。

これで国王の外見が平凡であれば、余計な夢を抱かずに済んだ令嬢が大勢いたかもしれない。

だが残念なことに、ディアンサス国の国王は初恋泥棒という異名がついてしまうほどの美男子なのだ。他国からも注目されるほど人気である。

そのため多くの女性が夢を見てしまうのは不幸と言える。

「陛下が美男子すぎるのも問題なんでしょうね。顔がいいことが裏目に出るって、大変ですね……私は美人に生まれなくてよかったです」

「君は美人というよりは可愛い系だな。愛嬌もあって見ていて愉快だ」

「あまり褒められている気がしませんね」

——いっそのこと陛下が男色家という噓の噂を流してしまえば、見切りをつけて諦める家が続出しそうだけど……あ、ダメだわ。すでに陛下の叔父君がそうだった。

国王が世継ぎを作らないと、王家の血筋が絶えてしまうかもしれない。遠い血縁者に頼らざるを得なくなる。

——あれ？　うちの王家ってちょっとまずいのかしら？

現在王位継承者がほとんどいない。セドリックを含めた国王の側近が焦るのも無理はないのだ。

一夫一妻制の王室を、一夫多妻制にした方がいいのではないか。

国民の反感は買うかもしれないが、後宮を作った方が世継ぎは増える。その分余計な問題ごとも増えてしまうが。

「そ、それで私になにを……？　ご存じの通り、私にできることってほとんどありませんよ？」

大それた依頼は無理だ。

国王と婚約者候補の相性占いは、ぜひとも祖母に依頼してほしい。きっと正確な診断ができることだろう。

ニーナが残りのハーブティーを飲みながらうまい言い訳を考え始めていると、セドリックは名案とばかりにニーナに告げる。

「ニーナに陛下の運命の相手を見つけだしてほしいんだ」

「ゲホ……ッ」

予想のさらに上を行く依頼をされて、ニーナは思わず飲んでいたお茶を噴き出していた。

第二章

占術師の歴史はとても古い。

言い伝えによるとセレイナの曾祖母(そうそぼ)の代までは他国に住んでおり、先祖はかつて魔術師と呼ばれていたそうだ。

だが徐々に力が弱まり、いつしかその特殊な力は占いに特化するようになったらしい。

ニーナの特技であるお守りづくりも、元をたどれば魔術師の血筋だからだろう。

先祖が選んだ移住先のディアンサス国では占術師を名乗るようになり、代々王家を陰ながら支えるまでに至っている。

当然ながらそこに至るまでには長い道のりと歴史があるのだが、ニーナはすべての文献に目を通しているわけではない。

数十冊にも及ぶ先祖の歴史を要約すると、少しずつ信頼を積み重ねて今があるということだそうだ。

つまり子孫がなにか失態を犯せば、これまで先祖が積み重ねてきた信頼に亀裂が入るわけで……ニーナは汚れたテーブルを布巾で拭きながら冷や汗をかきそうになっていた。

「いや、いやいやいや、無理ですよ！　今ずっと考えてましたけど、そんなの無茶です！　占いで運命の相手が誰だかわかったら、私が真っ先に試して今頃恋人とイチャイチャしてますよ」

「……なるほど。君が運命の相手を見つけたら、なにをどうイチャイチャするんだ？」

　セドリックの声が心なしか先ほどよりも低く感じる。だが彼の口元は弧を描いていて……おかしいな、目が笑っていない。

　――わかったところで、なにもできないだろうと思われている？　その通りだと思うけど！

「あなたが私の運命の相手です」と言われた方は逃げ出すだろう。

　たとえどんなに顔がよくて好みの相手だとしても、大抵の場合第一印象が最悪ならよほどの努力をしない限り結果はわかっている。

「……いえ、イチャイチャ以前の問題でした。お相手のことを徹底的に調べてお近づきになる努力をすると思いますが、私にそこまでの行動力があるかはわかりません。お相手にもよるでしょうし」

　それに運命の相手というのは厄介だ。

　性格的に相性がいいというだけで判断するなら多くの人間が該当するだろうが、魂が結ばれている相手となると一気に神秘的な話になってしまう。

その相手が独身とも限らなければ、今にも死んでしまいそうな高齢者かもしれない。世の中気づかない方が幸せなことなど、ニーナが想像するよりもはるかに多い。

「ともかく、私たちの占いは万能ではないんです。星を読んで先を予測できるおばあ様だって、大きな動きは読めても特定の誰かの未来を事細かにはわからないんですから。未来は不確定で、ざっくりとした方向しか決まっていないって言ってますもの」

その方向もなにかひとつ選択を変更しただけで、未来は容易く変わってしまう。無数の枝分かれのような先を細かく言い当てるのは無理だ。

「もちろん悪いことを回避するために私たちがいますし、特定の事象について訊きたいことがあれば占うことはできますけれど。水晶を覗いても誰かの運命の相手が浮かび上がるようなことはありえないですから」

実現可能なのは相性を占うくらい。

それならば国王の意中の相手を聞き出して、相性を探る方がよほど現実的である。

――そもそもいきなり見習いに陛下の占いをさせるのは無茶よ。きちんとおばあ様に依頼してもらわないと。

「なるほど、ニーナの言い分もわかった」

セドリックが納得したように頷いた。

ニーナの顔色がパッと明るくなる。

「それなら……！」

「それなら運命を演出してそれっぽく見せればいいな」

「……え？」

――運命を演出？

セドリックがにっこり笑う。

その笑顔は、彼の性格を知らない人が見たら一瞬見惚れそうになるだろうが、ニーナには嫌な予感しかしなかった。

「今の流れって、引き下がってくれるんじゃないのですか？　一旦持ち帰って要検討になるのでは……」

「なにを言う。ニーナがさっき言ったんじゃないか。歌劇の題材になり得るようなロマンスを国民は求めていると。運命と純愛は、特に女性に好まれる言葉だろう？」

「つまり、自作自演……？」

セドリックが指す運命と純愛を演じるのは、国王と誰になるのだ。

巻き込まれた人はたまったものではない。

「不可能と可能の境目を探り、不可能ギリギリの可能を狙うのが為政者というものだろう」

「わあ、有能……って、それは私に関わりがないところでやってください！」

――ものすごく面倒な予感がする！

運命を演出だなんて、とてつもなく胡散臭（うさんくさ）い。

「いいか、ニーナ。国民の関心が陛下の成婚に向けられている以上、何らかの方法でそれに応える必要がある。彼らは慶事に飢えているし、お祭り騒ぎを求めている。あと観劇も評判がいい。それなら三か月後の建国祭で陛下の婚約者選びを大々的にやったら、話題性も抜群だと思わないか」

セドリックはすらすらと口から思い付きを吐き出していた。

一度言ったことを精査して、頭の中で実現可能な範囲を探っているに違いない。

――え？　なんだか話の規模が大きくなってない？

国全体が盛り上がる建国祭で大々的に婚約者選びを行う。それも運命を演出でということはつまり。

「やっぱり陛下には意中の女性がいるということ……？　さっきはいないって言ってませんでしたか？」

いっそのこと意中の相手なんていなければいい。

そんな酷（ひど）い期待を込めてセドリックを見つめると、彼は意味深にニーナを見つめ返した。

「私が把握している限りではいないと思っていたが、確認しておこう。もしかしたら誰にも言えずに悩んでいるかもしれない」

「そうですか。でも私に陛下の個人情報を知らせる必要はないので、セドリック様の胸の内に秘めておいてください」

「そんなつれないことを言ったら陛下が悲しむぞ」

「陛下は私を存じ上げていないので問題ないです」

お互い直接は知らないはずだ。

絶世の美男子と名高い相手と出会えば忘れるはずがない。

――眩い金の御髪が美しくて、目を見つめられて微笑まれるだけで魂が吸われるような心地になるんだっけ。

恐ろしいな、というのが率直な感想である。できればこのまま一生お近づきになりたくない。

――陛下に選ばれた女性は、よほど美容意識が高くないと大変そう……。

ニーナは人の美醜に拘りはないが、皆がそうとは限らない。美しい人の隣に立つには、鋼の神経が必要になりそうだ。

「さて、そろそろ戻らなくては。陛下の想い人がいるかは私の方で調査しておく。ニーナはどんな演出ができるかを考えておいてくれ。派手に運命を魅せる方法をよろしく頼むよ」

「え、ちょっと待って……！　まだ引き受けるって言ってな……っ」

セドリックが立ち上がり、颯爽とニーナの部屋を去った。

パタン、と閉じた扉を見て、セドリックに向けていた腕をようやく下ろす。

「しまった、合鍵も奪い忘れたわ……」

見習いの身には余るほどの課題を渡されて脱力する。

時間差でとてつもない不安に襲われた。

残されたのは、空になったシュークリームの箱とティーカップのみだ。

「こんなことならシュークリームごと帰ってもらえばよかった……」

サクッとした皮に濃厚なカスタードクリームが入ったシュークリームは、今思い出してもおいしさが蘇ってくる。あと十個は食べられそうだ。

だが目の前のおやつにつられて、厄介なことを頼まれるようであれば今後は注意しなければ。

「陛下に好きな人なんていなければいいなぁ……」

むしろ意中の相手がいれば、婚約者選びが難航するはずもない。

結ばれない相手だからこそ、積極的に選ぼうとしないのではないか。

もしくは本当に誰も好きではないかの二択だ。

「……でも、もしいた場合を想定して、できることを考えなくちゃ……うう、気が乗らない……」

一刻も早く祖母に相談したい。

しかしながら彼女はしばらく王都を離れて領地に帰っている。急ぎの案件がないときは、自然が豊かで空気が澄んでいる領地から星空を見上げているのだ。

離れていても緊急連絡はいつでもできるが、まだセドリックと二人で話していただけのことを報告するのは早い気がする。もう少し情報が必要だ。

——自分で考えずに答えをもらおうとしたら、おばあ様に怒られるわよね。

何事もまずは自分なりの考えを出さないと、いつまで経っても成長しないし一人前にもなれない。

それにニーナにだって意地と矜持（きょうじ）がある。自分にもなにかをやり遂げられるところを見せないと、祖母に見習いを解任されるかもしれない。

「……こうなったら仕方ないわ。自分にできそうなことを考えてみて、最終的な決定はおばあ様の判断に委ねましょう」

挑戦せずに諦めるのは、自らの成長を放棄すること。

できない理由を考えるより、実現可能な範囲を模索したい。

——私でも依頼を遂行できるってところを見せないと！　私なりに役に立てることを考えよう。

いつまでも見習いの立場に甘えるわけにはいかないのだから。

ニーナは壁一面にある本棚に近づき、ふと、先ほどまでセドリックが読んでいた本を思い出す。

「……そういえば、セドリック様はなにを読んでいたのかしら?」

彼が背もたれにしていた大きなクッションには、一冊の本が置かれていた。ニーナが出しっぱなしにしていた本ではないはずだ。

なにげなくそれを拾い上げて……変な声が漏れそうになった。

「わざわざ隣国から取り寄せてもらった恋愛小説じゃない……!」

行きつけの本屋の店主がオススメしてきた一冊だ。

識字率の向上のために、隣国では十年以上も前から恋愛小説が流行っているそうだ。歴史書などの堅苦しい本だけでは、なかなか興味を持たれない。だがいつの時代も人は恋愛が好きらしい。

ニーナも店主オススメの恋愛小説を読み始めたが、濃厚な恋愛描写が気恥ずかしくてちまちまとしか読み進められていない。読書には気力と体力がいるのだ。

趣味の本は、本棚の奥にひっそりとしまっているのに、よりによってセドリックが見つけてくるとは……。

「あんな涼しい顔でこれを読んでいたの? どこまで……?」

確認するのが怖い。

ニーナは気づかなかったふりをして、小説を本棚の奥にしまい込んだ。

◆　◆　◆

「……それで、セドリック様はいつ来るつもりなのかしら」

あれから一週間が経過したが、しばらく音沙汰がないためいつセドリックがやってくるかわからない。

そういえば彼はいつも前触れもなくふらっとやってきては帰っていく。

――今後の予定くらいはほしいものだわ。こっちにだってやることがあるのに。

ニーナも暇ではない。

お守りづくり以外の時間は、祖母からの課題をこなし、細々とした雑用も引き受けているのだ。

占術師は星を読むのも仕事のため、夜型の生活を送っている。ニーナの一日は夜明け前に終わり、正午近くから始まるのだ。

すっかり日が昇った頃に起き上がり、空腹のまま螺旋階段を下りる。

占術師の居住地である星の塔は、一階に応接間、二階に台所がある。三階と四階はセレイナの私室兼資料部屋で、五階がニーナの私室だ。

寝間着のまま二階の台所に向かい、あくびをしながら湯を沸かす。

貯蔵庫からパンとチーズを取り出した。

「……そろそろ食料の調達に行かないと」

カビが生えたチーズを見つめる。

チーズが腐りだしたら食料調達の合図だ。

「青カビだし大丈夫かな……カビだけ取り除けば食べられそう？」

多少腐ってても腹を下すくらいで済むはず。

そもそもチーズだって発酵食品じゃなかったかと考えだしていると、ナイフを持つ手首を誰かに掴まれた。

「いいわけないだろう。ポイしなさい」

「え？」

ぼんやりしていた頭が覚醒する。

手元にあったチーズとパンがゴミ箱に捨てられていた。

「ああ……最後の食料が！」

「我が国の占術師見習い殿は、カビの生えたチーズとパンで飢えを凌いでいると陛下に報告するぞ」

呆れたような声は間違いない、セドリックだ。

寝起きに腰に響く美声を聞くなど心臓に悪い。ニーナは勢いよく背後を振り返った。

「なんでいるんですか？」

「ニーナの様子を窺いに。出不精な君のことだから、セレイナ殿の不在中は不摂生な食生活を送っているだろう」

セドリックの顔に来てよかったと書かれている。

ニーナも人目があればカビが生えたチーズとパンを食べようなどとは思わない。

「いえ、別に本気で食べようなんて考えてなかったですけど……」

「どうかな。まったく、食べ物が底をつく前に城に取りにくればいいものを。食堂を利用することだってできるのに、何故来ないいんだ」

「それは……食堂まで遠いですし」

「ちょっとした散歩程度の距離だろう」

「う……そうですけど、誰かとすれ違うのも遠慮したいと言いますか。私たちはどうしても奇異な目で見られるでしょう？　珍しいので」

占術師は滅多に人前に姿を現さない。城内への出入りは自由だが、呼び出しがない限りは星の塔に引きこもっている。

人嫌いというわけではないのだが、単純に人目が煩わしい。

ニーナたちが城に入るときは、占術師が着用する白いローブを着なくてはいけない。それだけでも人目を惹くのだ。

「まあいい。昼食を持ってきたんだ。ニーナにとっては朝食だろうが」

セドリックがダイニングテーブルを指差した。

これからピクニックにでも行くようなバスケットには、ニーナにとって久しぶりに見るまともな食事が入っていた。

――キッシュにミートパイと具沢山のサンドイッチ！　デザートまであるわ。

「おいしそう……！」

グウ、と腹が鳴った。

その素直な反応に、セドリックがくつくつと笑う。

「皿はあるだろう。私が出しておくから、ニーナは着替えておいで」

「……え？」

自分の恰好を見下ろす。そのときはじめて、まだ寝間着姿だったことに気づいた。

「……ッ！　なんで見るんですか！」

「それは見るだろう。無防備な恰好を晒されても冷静に指摘する男なんて私くらいじゃないか？」

「紳士なら見て見ぬふりをして、さりげなく上着を貸してくれるものでは？」

薄手のネグリジェを着ているわけではないのだが、それでも寝間着姿を見られたことは恥ずかしい。髪の毛だって梳かしていない。

寝間着姿は寝起きの酷い顔を見られるのと同じくらい無防備だ。

「そんなことをするのは君の愛読書の登場人物くらいだな。普通の男はもっと煩悩まみれだ」

さらりと恋愛小説を引き合いに出されてニーナは口を開閉する。が、うまい切り返しができず、速足で扉の外に向かった。

「わ、私が戻るまで食べないでくださいね！」

「わかったから、慌てず着替えておいで」

セドリックの表情までは見えないが、絶対笑っているに違いない。

――なんだか無性に……叫びたいわ！

様々な種類の羞恥がどっと押し寄せてきて処理が追い付かない。

一番反省すべきなのは、うっかり寝間着姿のまま出歩いてしまった自分なのだが。

――だって、いつもはこんな時間に来ないもの！

今までセドリックは夕方ごろに来ることが多かった。ニーナにとっての朝に来たのはこれがはじめてかもしれない。

元々星の塔には滅多に訪問者はやってこない。神出鬼没に現れるセドリックが異端なのね……今さらだわ。

——まあ、このくらいでいいか。セドリック様だし、もう無防備な姿も見られてるものだ。

寝ぐせがついた髪をササッと手櫛で直し、身なりを整えた。

大急ぎで私室に戻り、くるぶし丈のワンピースを身に着ける。

セドリックは国王の側近として働いているが、侯爵家の嫡男のためいずれは家を継ぐ予定だ。高位貴族は矜持が高くて苦手だが、彼は話しやすくとっつきやすい。

いつの間にかセドリックはニーナにとって一番身近で気安く話せる異性になっていた。端整な顔立ちをしているため、ごくたまにドキッとすることもあるが。互いに言いたいことを言える緩い空気感は嫌いではない。

「お待たせしました」

「随分早いな。もっとかかると思っていた」

「貴族の令嬢でしたら身支度に時間はかかりますけど、私はただのニーナですから。それにセドリック様相手にめかしこむのも違うかなと」

「めかしこんだ姿も見せてもらいたいんだが？」

「嫌ですよ、絶対笑うでしょ。寝間着姿を見た後ならなんでもマシに見えますよ」

冷めてしまった湯をふたたび沸騰させた。

朝は苦味が強い紅茶で頭をスッキリさせたい。

「セドリック様も紅茶でいいですか？」

「ありがとう、いただこう」

テーブルの上には皿が並べられている。どうやらセドリックはちゃんと食器の場所がわかったらしい。

――カトラリーも出されてる。あとは紅茶を淹れたら準備万端ね。

香り高い紅茶をカップに注ぎ、朝食兼昼食をとることになった。

何度かお茶を一緒にしたことはあるが、食事を共にするのははじめてだ。

綺麗（きれい）な所作で食す姿をちらりと窺う。

座っているだけで気品が漂うのは、彼の育ちの良さと恵まれた容姿のおかげだろうか。

「好き嫌いはないか？」

「ええ、全部おいしいですよ。気にかけてくださってありがとうございます」

「どういたしまして。あと先日頼んだ件の話もしたいんだが」

――やっぱりそれが目的よね。

ニーナの食生活を管理するためだけにわざわざ星の塔までやってこない。

この一週間、ニーナは自分になにができるかをずっと考えていた。

国王の運命の相手を演出するなんて大変なことだが、要は祭りの一興になり国民が喜びそうな催しを提案すればいい。

実現可能かは祖母にも確認する必要はあるが、最終決定は国王にあるだろう。彼が難色を示したら提案は白紙に戻る。

「そのことなんですけど、一般的に舞踏会を開くのはダメなんですか？　運命の演出っていうのも、舞踏会で運命的な出会いを果たすというのが定石では」

「却下。陛下は自分の婚約者探しのために無駄な予算を使いたがらない。それに舞踏会に招かれるのは、多くが貴族と他国からの来賓客だ。それでは貴族だけの催しになる」

当然ながら舞踏会を開くには莫大な予算が必要になる。国民からの血税を自分の婚約者選びに使おうと思わないのは、ニーナにとって好感度が高い。

――それに貴族のみの催しを良しとしないのも新鮮だわ。

国民全員が楽しめる建国祭を舞台に選ぶだけある。

祭りは皆公平に楽しめる場なのだ。

「わかりました。それでしたら、私からはお花を使った演出を提案します」

「花？　それはニーナの得意分野だからか」

「ええ、そうです。残念ながら星読みの才能には優れているとは言えませんけど、私は植物と相性がいいんです。お祭りの開始と共に、空から花を降らせるのはどうでしょう。雪のように花びらが降ってきたら素敵じゃありません？」

「なるほど。確かに幻想的だな」

花びらを降らせることとは、少々準備に手間がかかるだろうが実現可能だ。

「だが大量のごみを発生させるわけにはいかない。過剰な演出は迷惑がられるからな」

「その辺はご心配なく。時間が経てば消えますし、一種の幻覚のようなものなので。人に触れたら消えるようにします」

しゃぼん玉のようなものだ。空中を漂う間は目を楽しませてくれるが、触れればパチンと消えてしまう。

ニーナはセドリックの前で実演して見せることにした。

「試作品を作ってみたので、お見せしますね」

「もうできてるのか？」

「ええ、一応。ただこれは簡単な方法なので、大がかりなのはこれから考える必要がありますが。あと長く持続するように改良しないと」

――まだしゃぼん玉液捨ててなくてよかった！

ちょうど昨日試していたばかりなのだ。

特殊な液体に花から抽出したエキスを混ぜると、水の色が青紫色に変化した。

ニーナは花と相性がよく、お守りづくりも数種類の花のエキスをインクに混ぜて使用している。今回もその応用と言える。

「いきますよ。それ……」

桶(おけ)に張った青紫色の液体にそっと息を吹きかける。

するとポコポコと泡が生まれ、ネモフィラの花が浮かび上がった。

「これは……幻覚か？」

「なんでしょうね。私にもきちんとした説明はできませんが、触ると消えるので幻覚に近いかもしれません。ちょうど今の時期にネモフィラが綺麗に咲くので選んでみましたが、どうですか？　綺麗でしょう」

室内を漂うネモフィラの花は、しゃぼん玉の性質を持っている。セドリックが指で触れようとすると、パチンと弾けて消えてしまった。

「面白い。これが祭りの日に見られたら盛り上がりそうだ。占術師の知名度も上がるな」

「それは上がらなくていいです」

余計な注目は浴びたくない。占術師は裏方なのだから。

「欲がないな。で、肝心の運命の演出の方はどうなんだ？」

「それもですね、お花を使おうかなと思ってるんですが……」

ニーナは渋い表情を浮かべた。

「なんだ、難しいことなのか。それとも費用がかかりそうとか？　金銭的な問題なら私も協力しよう。見積もりを出してくれれば予算をもぎ取ってくるぞ」

頼もしい発言だ。予算があるのはありがたい。

「見積書はまた後で提出します。ご相談なのですが、たとえば祭りの翌日に陛下が選ばれたお相手の身体に花の印が浮かび上がるような演出ってどうでしょう？　お相手の方が結婚に同意しなければ印は自然と消えるように調整できたら、実害はないと思うんですが」

「印というのは痣（あざ）みたいなものか？」

「ええ、そうです。こういうインクで判を押したような」

ニーナが以前雑貨店で購入した判子を見せる。薔薇（ばら）が描かれたものを手の甲に押し当てた。

「身体のどこか見える場所に花の印が浮かぶ……多分何らかの方法で外から付着させることになりますが。そういった演出はどうでしょうか。簡易的な入れ墨みたいなものを想像してもらえたらと」

特殊なインクのついた判子で肌に押印するようなものだ。

だが国民には痣が浮かび上がると言った方が神秘的に聞こえるだろう。

「なるほど。選んだ相手の身体に花の痣が浮かぶという触れ込みなら貴族も平民も関係なしに、平等に選ばれる可能性があって盛り上がりそうだな。実際は判で押したような印を肌につけるというのも、実現可能に思える」

「選ぶ相手は最初から決まってますけどね」

当然ながら、相性がいい相手を無差別に巻き込むわけにはいかない。

はじめから国王のお目当ての女性を選ぶための公開求婚のようなものである。

——これ思い付いたときは、半分冗談にしか思えなかったのだけど……他の案がまったく思い浮かばなかったのよね……。

こんなことを国王が面白がって乗り気になってくれるかはわからない。むしろ怒られる可能性が高い。

セドリックから別の案を出してこいと反対されるかと思いきや……。

「なるほど、面白い」

何故か肯定的に捉えられてしまった。

ほとんど思い付きのような提案なのに。ニーナは拍子抜けする。

「いいんですか、これ？　でもお相手の女性はまったく自分が選ばれるなんて思ってもいなかったらどうするんですか？　陛下が振られてしまったら、国民全員から陛下が不憫な目で同情されるんですよ？　とっても可哀想(かわいそう)です」

意中の相手から拒絶されたら誰が責任を取るのだ。

公開求婚で振られた可哀想な国王として歴史に名を刻んでしまう。想像するだけで精神的にきつそうだ。

「何故振られることを前提で話を進めるんだ。逆に考えれば、相手を狙っている男へ牽制(けんせい)

ができるということだろう。彼女も陛下を意識して、運命の相手に選ばれたからと前向きに結婚を検討してくれるはずだ。実に使える案じゃないか」

女性は「運命」という言葉が好きだろう？　と続けられて、ニーナは目を細めた。さすがモテる男は自信が違う。

――振られたらどうしようなんて考えは、自分に自信がない人間の発想だったのかも。独身で有能なセドリックも数多の女性から言い寄られているのだろう。堂々とした発言から自己肯定感が高いと見える。

対象相手は独身の女性全員と謳（うた）いながら完全なるヤラセだ。

はじめから仕組まれた儀式をどれだけの人が好意的に受け止めてくれるかは未知数だ。自分で提案しつつ、ニーナは複雑な気持ちになる。

「国王陛下の運命の相手に花の痣が浮かぶ。対象者はディアンサス王国の独身女性全員とすれば、大いに祭りも盛り上がりそうだ。十分な話題性になる」

「そうでしょうか……話題性はありますが、好意的に受け止められるかどうか……それに虚偽の報告をしてくる女性もたくさん現れると思いますよ。自分こそが陛下の運命の相手だと身体に痣を描いてきて、城に押しかけてくるかも」

そこまでを祭りの醍醐味（だいごみ）として、笑って受け入れられるならいいが。もしもそうではないのなら厄介な問題に発展するかもしれない。

「そのくらいは許容範囲内だろう。むしろ虚偽報告は大いに結構だ。押しかけて来た女性たちの数が多ければ多いほど、陛下の人気度もわかるというもの」

「はあ、なるほど……？」

「となると、我こそは陛下の運命の相手だという女性が城に押しかけてきてくれないと困るな。事前に煽(あお)っておくか」

「えぇぇ……」

大胆なことを言いだされて、ニーナの方が引いてしまう。

確実に側近であるセドリックが面倒ごとを抱える羽目になるというのに、彼は他人事のように楽しんでいるようだ。

実はお祭り騒ぎが好きなのだろうか。どちらかというとあれこれ調整が大変なので、頭を悩ませる人だと思っていたが。

「あの、陛下って目立つことが好きなのですか？　それとも祭りの日くらいは、国民との交流を持ちたいというお考えなのでしょうか」

建国祭は毎年やってくるが、運命の相手選びは一度限り。

今後国王に世継ぎが生まれて、次代の王も同様に運命の相手探しという名の公開求婚をするかどうかは、今回の反応次第になるだろう。

国王の評判を落とすわけにはいかない。彼の支持率を下げてしまったら、ニーナの首など軽く飛んでしまう。

もしもこの儀式が引き金となり、王家への不信に繋（つな）がったら……ニーナは背筋をぶるりと震わせた。

「目立ちたがり屋というわけではないな。窮屈なことは嫌いだが、寛容さもあると思っている。貴族だけを優遇しようなどとは思っていないし、時折変装して王都を歩くこともあるようだ」

「変装して街中を出歩かれているんですか？　それは護衛の方もセドリック様も大変ですね」

「まあ、外で見つけても見逃してやってほしい」

「大丈夫です、私が見つけられるとは思いませんので」

――私が思う以上に陛下は市井に住む庶民との距離が近いのかも。それなら運命の相手選びも、いい方向に盛り上がるかしら。

「……あ、待ってください。肝心なことを聞き忘れていました。陛下に意中の女性がいる前提で話を進めてましたが、確認はできたんですか？」

もしも好きな人などいないと言われてしまえば、今の話はなかったことになる。

セドリックはテーブルに肘をついて頬杖（ほおづえ）をし、ニーナを見つめながら意味深に微笑んだ。

「陛下の好きな人はちゃんといた」

「そ……そうでしたか」

誰だろう。

尊敬する国王が好きになるような女性は、どんな素晴らしい人なのか。

――ちょっとドキドキしてきたわ……！

きっとこのドキドキは、恋愛小説を読んでいるときに感じる高揚感と同じである。

自分の身近な男性……たとえばセドリックに好きな人がいると知ったら、今のように冷静にドキドキを感じられるだろうか。

――……あれ？　ちょっとモヤッとするかも……？

こうして二人きりで食事やお茶もできなくなる。相手がいたらニーナが気を使うし、遠慮しなくてはいけない。

寂しくなるだろうか。もしも彼が星の塔に現れなくなったら、二人の接点など簡単に途切れてしまう。

「どうしたんだ、急に黙って。眉間に皺（しわ）を作るなんてらしくない」

「むぐっ」

バターと木の実の香ばしい匂いがした後に、口に焼き菓子を押し付けられた。

反射的に口を開けると、セドリックがそのままニーナの口に押し込んでくる。

外はさっくり、噛（か）むとホロッとした焼き菓子の食感がたまらない。

「余計な考えごとならお菓子でも食べておけ。ほら、他にもキャラメリゼした小さなタルトもあるぞ」

「いえ、あの、自分で」

「子リスみたいに頬袋（ほおぶくろ）を膨らませるところが見てみたい」

「頬袋なんてないですから！」

隙を見せれば人をからかってくる。

けれどこうした時間が嫌いなわけではない。

――陛下が結婚したら、この人も身を固めるんだろうな……なんて、私が考えたって仕方ないのに。

彼は面倒見がいい。きっと奥さんになる人は幸せになれるだろう。

ただほんの少しだけ寂しいと思うのは、知人以上友人未満な関係が壊れてしまうからに違いない。

「いつかセドリック様にも可愛い奥さんができるといいですね」

「なんだ、急に。憐（あわ）れむような目で見てきて」

「いえ、もし陛下の運命の相手に立候補してきた女性の中に、セドリック様の意中の女性がいたらと思うと居たたまれない気持ちに……あ、さっきの木の実の焼き菓子ってもうないんですか？　同じのが見当たらないようです」

「私のことよりも焼き菓子が優先か。よくわかった」

セドリックがにっこり微笑み、ニーナの手元にあった菓子をすべて取り上げた。

「ああっ！」

「セドリック様かっこいい、素敵って満面の笑顔で言ったら食べさせてあげよう」

「それ余計に虚(むな)しくなりません？　……あ、うそれす！　ほほをひっひゃらないれ」

「ほんとに頬袋を隠してるんじゃないか？　よく伸びるぞ」

ムニムニと頬を弄(いじ)くりまわされて、ニーナは先ほど感じた寂しさのような感情は気のせいだと思った。

第三章

「なんだか機嫌がいいですね、陛下。最近は特に外での息抜きが頻繁のようですが」

「そうだな、確かに機嫌はいい。息抜きが効いているんじゃないか」

執務室に積み上げられた書類を整理しながら、国王の側近、セドリック・ゴードンが主に胡乱（うろん）な視線を向けた。

目は口程に物を言うとはよく言ったものだ。

なにを言いたいかわかりきっているが、国王であるエセルバート・セドリック・ディアンサスは側近のもの言いたげな視線を無視する。

はあ、と重い溜息を吐いた乳兄弟を放って、エセルバートは嘆願書に視線を落とした。

「息抜きをするなとは言いませんが、ちょっと頻繁すぎやしませんか。あなたが私の名前を騙（かた）って出歩いている間、私はこの執務室で陛下の代わりをさせられているんですよ？　この間なんて宰相閣下にチクチク嫌味を言われました。後ろ姿だけなら身代わりも板についていると」

セドリックの手には金色に輝くかつらがひとつ……エセルバートの髪色によく似たものだ。

「あの堅物宰相に褒められたのなら大したものじゃないか。自信を持って俺の身代わりを任せられるな」

「任せないでください！」

背格好がよく似た二人は、並んでいると兄弟のように見える。実際セドリックの方がエセルバートより一歳上の二十七歳だ。

エセルバートは乳兄弟でもある幼馴染（おさななじみ）の側近のふりをして、時折ひとりで自由な時間を満喫している。

王城の敷地内であれば護衛は不要と言い、セドリックの髪色とそっくりなかつらをかぶっては彼の名を騙っているのだ。

つまりニーナが出会っているセドリックは、実のところ本物の国王なのだが……エセルバートのミドルネームもセドリックのため、すべてが嘘というわけではない。

「陛下が私の名前を使って会いに来ているなんて知ったら、ニーナ殿は逃げ出すんじゃないですか？」

「いつバラそうかと考えるとワクワクする」

「鬼畜すぎません？」

きっと丸い目をこぼれんばかりに見開いて、声も出せずに驚愕することだろう。

顔色を変化させる様子は想像するだけでくすぐったい気持ちになる。ニーナの表情豊かなところはとても好ましい。

「はあ、嫌われないといいですね」

「……」

セドリックの辛辣な台詞を聞いて、エセルバートの動きが止まった。

「嫌われる？　何故だ」

「いえ、普通に考えたらそうでしょう。陛下の側近だと思っていた相手が、本物の陛下だったと知れば失神してもおかしくない出来事ですよ。からかっていたんじゃないかと思っても仕方ないかと」

呆れ顔のセドリックを見て、エセルバートも静かに考えこんだ。

悪ふざけをしていたわけではないが、ニーナをからかうのは好きだ。

彼女とポンポン言い合いができるのも癒されるし、ましてや国王として見られていない時間はエセルバートの貴重な息抜きになる。

常に国王役を演じるのは息が詰まる。たまにはただのエセルバートとして見てくれる人間がほしい。

「騙されていたと怒ることはあっても、俺を嫌うことなどあると思うか？」

「その自信はどこから来るんでしょうね。羨ましいですよ」

勝手に星の塔に入っても、ニーナはなんだかんだ言いつつ受け入れている。ニーナが不在中に彼女の部屋に入っても追い出されたことはなかった。

――居心地がいい隠れ家みたいなものだな。

そう、隠れ家という言葉がしっくりくる。

星の塔自体がひっそりと建てられていて隠れ家のようだが、中でもニーナの部屋は居心地がいい。いつまでも引きこもらせてくれるような魅力があるのだ。

部屋の調度品は質のいい木材で作られており、重厚感がありつつも重苦しくない。壁一面の本棚も、天井から吊り下げられたガラスのランプも、床に敷かれた絨毯やクッションに至るまでセンスがいい。

色味が統一されているわけではないのに、不思議と一体感があり調和している。

ニーナが集めているちょっとした小物も彼女らしくて見ていて飽きない。

――あとは匂いだな。

花と果実の匂いがする。香水とは違った自然な香りは純粋に好ましい。

「今度はニーナの部屋で昼寝ができるくらい居座ろうと思う」

「やめてあげてください。正体をバラした後にそんなことを受け入れられるはずがないでしょう」

もう家主同然の顔でゴロゴロと寛いだ後なのだから、昼寝をしても追い出されはしないと思うが。

——俺が国王だと知られれば、部屋に上げてもらえなくなるのか。

ニーナが距離を取ろうとするのは嫌だ。お気に入りの玩具（おもちゃ）を取り上げられたような心地になる。

「まあいい。建国祭で俺の運命の相手とやらが決まれば、ニーナも腹をくくるだろう」

「はあ、そうでしょうか……そもそもニーナ殿の協力がないと儀式は成功しないのであれば、早々にあなたの想い人がバレるのでは？」

「それはまだやりようがあるだろう。具体的な方法はこれから詰めていくことになるが、ニーナには不正と情報漏洩（じょうほうろうえい）を防ぐために選んだ相手の名前は伏せておくと言えばいい。十中八九、相手の名前が必要になるだろうが、それは俺が書けばいい」

「そううまくいきますかね……私には彼女が不憫でなりません」

「何故だ」

エセルバートの目がスッと細められた。

気苦労が絶えない幼馴染は、「ご自分の胸にお聞きください」と言った。

「自分が狙われているとも知らずに、運命の相手を選んでくれるなんて健気（けなげ）で献身的だろう。可愛すぎて食いたくなる」

「襲わないでくださいね？　セレイナ殿をすぐに呼び戻しますからね」

どうやらまったく信用されていないらしい。

これまでエセルバートが恋愛沙汰で問題を起こしたことなど一度もないのに。

「あれから何日が経過していると思ってるんだ。孫娘に危機が迫っているとなれば、セレイナがすぐにでも戻ってくるだろう。来ないということは、俺は彼女にとって排除される相手ではないということだ」

「釘を刺されたことは？」

「特にないな？」

多分。記憶にある限りではないはずだ。

ニーナとの出会いは彼女が星の塔に住み始めて少し経った頃。付き合いだけなら二年弱になるが、ニーナと出会う前からエセルバートはすでにセドリックに扮して息抜きをしていた。

最初は純粋にセレイナへ依頼をしに行っていたのだが、いつしかニーナに会いに行くことが目的になっていた。

恐らく自分はニーナに男として見られていないのだろう。

だが彼女の一番身近な異性は自分しかいない。このまま距離を詰めていけば、恋心に近しい感情が芽生えるはずだ。

おいしい菓子をくれる相手を敵と認定するはずがない。

「要は俺と離れるのが惜しいと思わせればいい」

「だからあなた、最近やたらとお菓子やら軽食やらを持って餌付けしているんですね？」

「甲斐甲斐(かいがい)しいだろう？　俺にそこまでさせるのはニーナだけだぞ」

彼女は食事を疎かにするわりに、食べることが好きなのだ。

その矛盾も愛らしいと思っている。

――もっとニーナの内側に入り込みたい。

ころころ変わる表情を間近で眺められたら、とても愉快な気持ちになる。

無防備な寝起き姿を見たときは、このまま自分の私室に攫(さら)ってしまおうかと思ったが、きちんと理性は残っていた。攫っていたら怖がられていたかもしれない。

「というわけで、残りの執務を頼んだぞ。セドリック」

「あ！　逃がしませんよ、陛下！」

自分が処理しなくてはいけない書類のみ終わらせて、ちゃっかり残りをセドリックに押し付けた。

追いかけてくるセドリックを撒(ま)いて、エセルバートは用意していたこげ茶色のかつらをかぶる。

「さて、今日はニーナが街へ下りる日だな。後を付けるか」

可愛い子リスがうっかり危険な路地に迷い込まないよう監視をしなくては。

エセルバートは護衛の騎士に声をかけて、ニーナの後を追うことにした。

いつもよりほんの少し多めに作ったお守りを持って、ニーナは街に下りていた。

これから忙しくなるため、委託販売もしばらく中止になることを雑貨店の店主に伝えなくてはいけない。

「こんにちは」

来店を告げるベルが軽やかに鳴った。

普段通りの店内かと思いきや、なんだかいつも以上に賑わっているようだ。特に若い女性客が多い。

——なにか新商品でも入荷したのかな？

混みあった店内の奥へ進むと、店主のキャシーが顔を出した。

「いらっしゃいませ、お待ちしてましたよ！　こちらへどうぞ」

「こんにちは、キャシー」

気のせいだろうか。ニーナを待ち構えていたようだ。

腕を優しく引かれながら、ニーナは休憩室に連れ込まれる。

「あの、急にどうし……」

「ごめんなさい、突然。ほら、店にお客様がいるから目立っちゃダメかと思って」

「いつもは気にせずやり取りしているのに？」

ニーナは小首を傾げた。

いつもの客数は二、三人程度だ。それでも小ぢんまりとしている雑貨店では、客足がある方だろう。飲食店と違い、看板商品があるわけではないのだから。

だが先ほどは五人以上女性客がいたように見えた。キャシーひとりでは店番ができないのか、はじめて会う店員が対応をしている。

「ニーナ様、今恋愛成就のお守りがものすごく人気なんですよ！」

「確か以前も人気があるって言っていたような……」

他のお守りよりも品薄だと聞いていた。

前回の納品からまだ二週間しか経過していない。

だがキャシーは「あのとき以上にです」と真顔で応えた。

「建国祭でついに陛下の花嫁が決まるって話が出てから、もういつ入荷するのかって問い合わせがすごくて……！」

「待ってください。建国祭に陛下が、なんですって？」

「え？　だから陛下の花嫁選びですよ。ニーナ様ならとっくにご存じでしょう？　建国祭で決まるって話で今王都中が盛り上がっていますよ」

「もう？」

一体どういうことだ。

運命の相手を演出するという話は、セドリックとニーナでつい数日前に決めたばかりだというのに。

――あの後すぐにおばあ様に連絡したけれど！　『いいんじゃないか、頑張れ』って励まししか受けてないけれど！

何事も報告は大事だ。セドリックの依頼でこういうことに巻き込まれ、こういう方向で話が進んでいるとの一報を入れた返事は拍子抜けしたほどそっけなかった。

だがそれはニーナの案に異論がなかったということ。もし欠点に気づいて泣きついたら、何かしら助言をしてくれるだろう。

とはいえ、泣きつくようなことにはならないと願いたいが。

「陛下の花嫁を建国祭で選ぶなんて、なんだかワクワクしちゃいますね！　しかも運命で結ばれた乙女を探し出すなんてとってもロマンティックで、若い女性たちがもう藁にも縋る想いで初恋を成就させようとしているんですよ」

「へ、へえ……微笑ましいわね」

さすが初恋泥棒。女性たちの熱がすごい。

ニーナはなにも知らないふりをして、キャシーに問いかける。

「でも、どうやってその運命の乙女を見つけだすのかしら」

「そうですね……具体的なことはこれから告知されるそうですから、まだわかりませんね。きっと一気に知らせてしまっては、ワクワクが薄れてしまうと思っているんでしょうね」

情報は一気に出さず段階を踏んで、国民の関心を煽る作戦なのだろう。

よく計算されている。ニーナはうめき声を上げそうになった。

――こっちはまったく準備が進んでいませんが……？

方向性が決まったので、これからあれこれ試していく予定だ。

本番までの残り時間が二か月半ほど。遅くても二か月後には完成させて、本番に備えておきたい。

ニーナの頭の中にはいくつかの案があるが、どれかひとつくらいはうまくいってほしい。

――胃が痛くなってきそうだわ……。

一足先に運命の乙女を見つけるという話を進めてしまえば、後戻りはできない。街が活気づいているのはいいことだが、それでニーナの恋愛成就のお守りが好評というのも罪悪感が湧いてきそうだ。

――巡り巡って私のお小遣い稼ぎに繋がるなんて……そんなつもりじゃなかったのだけ

ど。

国王と本気で結ばれたいと願う乙女が多いということか。それとも単純に他の意中の相手と結ばれたいのかもしれない。

――もしくはお祭り気分にあてられて購入してるとか……？　お守りなんてちょっと背中を押してくれる程度のものなんだけど。

嬉しさよりも戸惑いが強い。

「それで、ニーナ様が来るのをずっと待っていたんです。お客様には予約は受け付けられないと伝えて、いつ入荷かも秘密にしていたんですよ。もしもニーナ様が製作者だと知られたら、後をつけられちゃうかもしれませんから」

「ひえ……っ」

――それは困る！

帰宅先が王城だと気づかれれば、小遣い稼ぎに委託販売をしていることがいろんな関係者にバレてしまう。

王城で働く者たちの中には、ニーナたち占術師を胡散臭いと思う人もいるのだ。占術師を毛嫌いする人間にとっては蹴落とす機会になる。

きちんと祖母の許可を得てお守り製作をしているが、これ以上話題になるなら廃業になりそうだ。

「あのね、キャシー。実は建国祭の準備でしばらく忙しくなるから、次の納品は祭りの後になるかと思ってるんです」

「ああ〜そうですか……お忙しいですものね……」

「ごめんなさい、この二十個でなんとか乗り切って」

今回は恋愛成就のお守りのみを作成してきた。これもニーナが得意とする花を使った特殊なお守りである。

恋愛にぴったりの花言葉を持つ花からエキスを抽出し、インクに混ぜて筆で恋愛運が高まる印を描く。それを丁寧に布で包んでいるのだ。簡単には開けないように頑丈に縫い目を固定している。

気持ちを後押しする程度にしか考えていなかったが、ニーナが思っていた以上に反響がいいとは……もしかしたら使用者の感想が広まり、何かしらの効果があったのかもしれない。ニーナが知らないだけで。

「一日の販売数を決めて出してみます。きっとすごい戦いになるわ」

「そんなに？」

買いかぶりすぎではないか。

自分のことは内密にと、再度キャシーに念押しする。

「では、こちらが売り上げです。お納めください」

「ありがとう。じゃあ邪魔しちゃ悪いし、帰りますね」

店の様子をこっそり覗く。先ほどより女性客も減ったようだ。

――よし、今のうちに。

ポシェットに売り上げを入れて出口へ向かうと、ふたたび来店を告げるベルが鳴った。

ニーナよりも少し年上の女性が二人入店した。物珍しそうに店内を見回している。

「ここですの？」

「ええ、間違いありませんわ。わたくしの侍女がそう言ってましたもの」

その会話から、ニーナはすぐにこの二人が貴族だと気づいた。

一見質素な装いに見えるが、よく見ると上質な生地を使っている。派手な化粧はしていないのに、隠しきれない気品が漂う佇まいだ。

町娘の恰好をするだけで市井に溶け込めるニーナとは真逆である。

――まさか貴族の令嬢までお守り目当てとか……？

怖い想像がよぎった。

もしもこの令嬢たちが、家の力を使ってでもニーナのお守りを手に入れたいと言いだしたら、キャシーたちにも迷惑がかかる。

――い、引退した方がいいかもしれない……。

貴族に目を付けられたらやっていけない。確実に面倒なことになる。

ニーナが作るお守りは市井に住む少女たちが購入しやすい金額に設定している。

これで貴族の令嬢が値段を吊り上げてでも手に入れたいとなると、余計な問題が発生しそうだ。

気配を消して出口へ向かうと、ふたたび彼女たちの会話が飛び込んで来た。

「まあ、品切れですの？」

「本当ですわ。やっぱり頻繁に通わないと手に入らないという噂は事実でしたのね」

キャシーに視線を向けられて、ニーナは曖昧な返事をした。

ここで今納品されたばかりだと言えば、製作者は誰なのかと追及されかねない。

──私がいないところでお好きにどうぞ！

店に委託販売している時点で、売り方はキャシーに任せている。令嬢たちと関わりたくないと判断すれば、品切れのまま押し通すはずだが。

「恋愛成就のお守りはいつ入荷されるのかしら。それとも予約は可能？　受注販売はできまして？」

──受注販売……！　なるほど、その手もあったわね。

先ほど引退を考えたばかりなのに、ニーナの理性が揺らいだ。受注生産にしたら、どのくらい予約が入るだろうか。ちょっとばかり好奇心が刺激される。

「わたくし、どうしても陛下の花嫁に選ばれたいんですの。藁にも縋る想いでここにたどり着いたのですわ！」

思わずニーナの動きが止まった。

もしかしたら彼女は国王の婚約者候補の筆頭にいたのかもしれない。高位の貴族令嬢の可能性が浮上した。

美しい金色の巻き毛をひとつに括り、薄化粧にしているが気品も美貌も隠しきれていない。力強い目の輝きは、日々の生活に追われる平民とは少し違う。

――そんなに陛下が好きなんだ……使用人に任せずに、わざわざ自分で購入しようとするほど。

ほしければ人を使えばいい。だがそれをしないのは、彼女たちが本気だからではないか。当主の意向もあるかもしれないが、自らお守りを求めに来るくらい国王への恋心があるのだろう。

――でも先日セドリック様が、陛下にはもう心に決めた女性がいるって言ってたわ。

完璧な美貌と才を持った国王は、どんな女性を好きになったのだろう。

彼女も国王と接点があったのなら、僅かな希望が残っているかもしれない。

キャシーが宥めながら話を聞いていると、もうひとりの令嬢も同じくお守りを求めに来たことがわかった。

「私は陛下の側近のセドリック様をお慕いしておりますの」

「え」

思わず心の声が漏れてしまった。

ニーナは慌てて口をつぐみ、店を後にした。

――びっくりした……。

逃げるように去ってしまった。まさか見知らぬ貴族令嬢から、セドリックの名前が出てくるとは思わなかったから。

だがセドリックも国王に次ぐ人気者である。

侯爵家出身で人望の厚い独身男性だ。次期侯爵というだけで、数多の令嬢たちが狙いを定めにくる。

今は国王が話題の中心だが、建国祭を終えた後の社交界ではセドリックの相手に注目が集まるはずだ。

――なんだか喜ばしいのに喜べない。

頭ではわかっていることなのに、実際にセドリックを慕う令嬢を目の当たりにすると腹の奥がモヤモヤしてしまう。

彼がニーナの面倒をみてくれるように、婚約者にも甲斐甲斐しく世話を焼くのだろうか。

食事を共にとることも、お茶をすることも自分以外の誰かの日常になる。

「……食あたりを起こした気分だわ」

帰宅したら胃腸に優しいお茶でも煎じた方がいいかもしれない。

――余計なことを考えるのはやめておこう。今の私は、目の前のことだけで精一杯だもの。

これから忙しくなる。

祭りの準備で王城も街も慌ただしくなるし、ニーナには大仕事の準備を進めなくては。

段取り通りに進むことを願いつつ、モヤモヤの原因には蓋をした。

寝食を忘れて研究に没頭するのは健康によろしくない。

そうわかりきっていても、つい休むことを先送りにしてしまう。

「……昨日食べるように言ったはずのサンドイッチが放置されているんだが？　パンも乾いているじゃないか」

「あ、すみません。ちゃんと後で食べるんで大丈夫ですよ」

「君の言う後では信用ならない」

セドリックが一日とおかずにやって来た。

またもや合鍵を使って勝手に入って来たのだが、もう指摘する気も起こらない。

「それよりセドリック様、最近以前にも増して頻繁に来すぎじゃありませんか？　暇なんですか？」

「私が暇に見えるか？」

凄みのある笑顔が迫ってくる。

ニーナはそっと視線を逸らした。

「忙しいのはお互い様ですし、わかっていますよ。あと半月ちょっとしか時間もないですが、ちゃんと順調に進んでますから。定期的に進捗をお知らせしているので、そんなに来なくても……」

幸い、ニーナが恐れていたような大きな問題は起こっていない。

何度も自分の身体で実験し、思った通りに花の痣をつけることに成功した。だが最後まで油断せずに、考えられるすべての懸念点を潰していく必要がある。

「昨日は何時間寝たんだ？」

セドリックが腰をかがめてニーナの顔を覗き込んでくる。

そんなに顔が酷いだろうか。隈やむくみがあるかもしれない。

「ええと、昨日……？　あれ、今って何時でしょう。確か夜は星を読んで……もう朝が過ぎてる……？」

「もう夕食の時間だ、馬鹿者」

パチン、と指で額を弾かれた。

「いたっ」

額がじんじんする。

鈍っていた感覚が戻って来たのか、空腹を感じ始めた。

そういえば水と眠気さましのお茶ばかりを飲んでいた。きちんとした食事はいつが最後だっただろう。

「お腹が減ってきたような……さっきのサンドイッチをいただいてもいいですか？」

「あれはもうダメだ。食事を持ってきたから、夕飯にしよう」

ふっくら焼いた鶏肉と温野菜、じっくり煮込んだポタージュにパンが食卓に並んだ。香ばしい匂いにつられて、ニーナの腹がクウ～、と鳴いた。

一度食欲が刺激されると食べる速度が止まらない。

「おいしいです。生き返ります」

「それはよかった。食事も睡眠も疎かにしてはダメだぞ、いいな」

「はい、気を付けます……セドリック様も、私が言うのもなんですけどちゃんと休息をとってくださいね」

セドリックが目を瞬いた。

「休息なら今とってるから問題ない。ここが一番の息抜きになる」

「うちの本棚が目当てですもんね。気になる本があればどうぞ。でも外に持って行くとおばあ様がうるさいので、ここで読んでってくださいね」

「ありがとう。君の本棚に入っていた海賊と王女の恋愛物語もなかなか興味深かったな」

セドリックは恋愛小説を読んでいたのを隠しもしない。ニーナが赤面しながら読んだ物語も、彼にとってはままごとのようなものなのだろう。

「セドリック様もそういう小説を読まれるんですね、意外です」

「大衆向けの小説も興味深いからな。一体なにが求められているのか、支持されているのかを探るのも勉強になる」

「なるほど」

——海賊と王女の恋を参考にするような出来事はない気がする……。

セドリックは身分違いの恋をしているのだろうか。もしかしたら彼も実らない恋に胸を焦がしているのかもしれない。

急にお腹がいっぱいになってしまった。

先ほどまで感じていた空腹が一瞬で満たされたような感覚。

——あれ、なんだかまたモヤッと……。

「ニーナ？　どうした。お腹が痛いのか」

セドリックが心配してくれる。どことなく声に慈しみのような情が含まれているように感じるのは、ニーナの気のせいか。

「いえ、お腹いっぱいになりました。ごちそうさまです」

まだ少し残っているが、それは明日にしよう。

「デザートのムースもあるが」

「私の分もセドリック様に差し上げます」

木苺（きいちご）色のムースに心惹かれるが、今食べてもきっとおいしさが半分ほどしかわからないだろう。

——睡眠不足で情緒が不安定なのかも。

建国祭が終わったら、セドリックと二人きりの時間も確実に減る。祖母も数日後には領地から戻ってくる。

なんだか言いようのない感情がこみ上げてくるが、それがどこに当てはまるものなのか。恋愛未経験者のニーナにはうまく整理ができなかった。

「ニーナ、口を開けて」

「え？　んっ」

セドリックがムースをすくったスプーンをニーナの口に突っ込んだ。

いつの間に隣の席に移動したのだろう。

考える間もなく、ニーナの口内に幸せな甘さが広がっていく。

「おいしいです」

「うん、そうだろう。君がデザートを我慢するなんてらしくない。無駄な我慢はするもんじゃないぞ」

「無駄なとは」

「不必要なという意味だ」

確かに、する必要のない我慢は心にも身体にもよくないだろう。

意地を張って食べないと言ったわけではなかったのだが、一口食べると最後までデザートを食べきりたくなった。

「あの、自分で食べますので」

「却下。ほら、口を開けて」

「ええ……」

セドリックはなんだか楽しそうだ。

からかっているようにも見えるが、機嫌がよさそう。

──多分動物の餌付けと同じだわ。

いつだったか、ニーナが食べている姿を見ているのが愉快だと言っていた。小さな口でもぐもぐ食べるから、頬袋があるのではと疑われたこともある。

年頃の乙女に向ける発言ではないのに、不快な気持ちにならないのは多少なりともセドリックに心を許しているからか。

最後の一口を食べ終わると、セドリックはニーナの唇の端についた木苺のソースを指で拭った。

そのままぺろりと舐めて「甘いな」と呟く。

「……ッ！　あの、そういうことを流れるようにするなんて、セドリック様には年の離れた弟妹がいらっしゃるんですか？」

「いや？　私は一人っ子だ」

「でもなんだか面倒見がいいと言いますか、慣れているようですし……」

「面倒見がいい？　……それははじめて言われたが、なるほど。確かにニーナ限定で世話焼きになっている自覚はあるな」

「はあ、私限定で……手がかかってすみません」

「私が好きでやっているんだ。むしろ他の男に懐いたら気に食わないな。おいしいものをあげるから家においでと言われても、ホイホイ誘いに乗るんじゃないぞ」

「私をなんだと思ってるんですか。幼い子供じゃないんですよ」

「無限に菓子を貪れる子リスだと思っている」

人ですらなかった。

――それはセドリック様がおいしい菓子を持ってくるから……！

それに見知らぬ男の誘いになど乗るわけがない。ニーナの交友関係は狭いのだ。

一週間に何度も顔を合わせるのもセドリックくらいで、人と会話をしない日だってある。

「まあ半分冗談だが、君が私のことを訊いてくるなんて珍しいな。もしかしたらはじめてじゃないか？」

「ええ？　そんなことは……」

——あれ、言われてみればそうかも？

彼の家族事情や趣味などの質問をした記憶はほとんどない。いつも仕事に関することばかりを話していた。

いつの間にか心の距離が縮まっていたのだろうか。

普段の彼はなにに関心があり、休日はどうやって過ごしているのか。改めて考えると知らないことばかりだ。

「あの、嫌でしたら答えなくていいのですが、私はセドリック様のことをもっと知ってみたいと思います」

セドリックは言われた台詞を噛みしめるようにゆっくりと瞬いた。

「それは何故？」

心なしか、声がどことなく優しい。

からかいが混じった口調でもなく、とろりとした蜜を舐めたような心地になる。

声を聴いて蜜を舐めた心地など、ニーナにもよくわからないけれど。

――優しい声はもっと聴きたいかも。

気持ちのいい眠気を誘ってくるようだ。

「よくわからないですけど、なんとなく……？」

「なんとなく、ね。それに理由が伴う日は来るのかな」

「理由、ですか」

誰かを知りたいと思う気持ちには、特定の要因があるのだろうか。

――情報収集をして得をするとか、そういうのとは違うし……ダメだわ、寝不足でうまく頭が働かない……。

ニーナの頭がグラグラ揺れる。

隣に座るセドリックの腕がニーナの頭に触れた。

「眠いんだろう。いいよ、我慢せずに寝なさい」

セドリックがニーナの頭を己の肩に乗せるよう誘導した。

ちょっと硬いが、頭の位置が固定されると安心する。

――安心……なんでだろう。

隣に人がいても不快感はなくて、むしろいてくれることでホッとする。

お腹が満たされて、胸の奥もほわほわしている。

ニーナは分析が進まない感情を胸にしまったまま、夢の世界へ誘われた。

◆　◆　◆

――寝たな。

ニーナが規則的な寝息を立てている。

肩を貸して誰かが眠るなど、そんな経験をしたのははじめてだ。

こんな風に自分に近づいて、肩を貸せる相手など側近のセドリック以外にはニーナしかいない。

ニーナもまさか自分が枕代わりにしている肩の持ち主が、この国の王だとは思いもしないだろう。

――知ってしまったら、後戻りはできないか。

この優しく残酷な時間は失われてしまうかもしれない。

よそよそしく距離を置かれる可能性もあるが、それならニーナがエセルバートから離れたくないと思わせればいい。

起こさないようにそっと抱き上げる。その身体は驚くほど軽かった。

――少し痩せたか？

食事を疎かにしないように、見張りも兼ねてエセルバートがニーナを訪ねている。いっそのこと城に住まわせてしまえば楽なのだが、この居心地のいい部屋に入り浸れないのも惜しい。

柔らかな温もりを感じながらニーナを寝台に移動させた。

シーツにそっと横たわらせるも、起きる気配はない。

「無防備な寝顔だな」

腹をすかせた狼がすぐ傍にいるとも知らないで。よほどエセルバートのことは異性として意識していないらしい。

「……」

モヤッとしたなにかが腹の奥に渦巻く。

ニーナがエセルバートのことをもっと知りたいと思っているのは喜ばしいが、まだ少し足りない。

彼女がその感情の理由を見つけない限り、今の関係から進展しないだろう。

――悠長に待つのもおしまいだな。

建国祭でエセルバートの運命の相手が選ばれる。

そのときまでにニーナの心を育てなくてはいけない。

今よりもさらに自分のことを意識させて、恋心を芽生えさせたい。セドリックが国王だと知っても、ニーナが身を引いて離れることがないように。

嫉妬の感情を芽生えさせられたらよかったが、生憎ニーナの交友関係はとても浅い。ほとんどの時間を星の塔で過ごし、同年代の令嬢との交流もないと言っていた。

恋心に気づく瞬間はいくつかあるが、わかりやすいのが誰かに奪われたくないと思ったときではないか。

エセルバートの身にも覚えのある感情だ。自分以外の男に懐くニーナを想像するだけで、顔も知らない相手を排除したくなる。

「さて、君の中に恋の花を咲かせるには、どうしたものか」

知らず口角が上がる。きっと今の己の顔は、良からぬことを企む楽し気な表情をしているに違いない。

上衣の裏ポケットに忍ばせていたお守りを取り出した。

それはニーナがこっそりと委託販売をしている雑貨店で購入したものだ。

恋愛成就のお守りは人気が出過ぎて常に売り切れ状態だが、安眠効果のあるお守りは在庫が残っていた。

――安眠効果のお守りに他の副産物があることを、本人は把握しているんだろうか。

これにはリラックス効果があり、ぐっすりと眠れることを謳っているがもう一つ。夢の中で会いたい人に出会える効果もあるようだ。

枕の下に忍ばせるか、持ったまま眠るだけで違いがわかる。エセルバートが購入してから毎晩のように、ニーナが夢に登場するようになった。

普段は白いローブを着て、滅多に身体の線を見せないというのに。夢に出てくるニーナは薄いネグリジェを纏(まと)い、エセルバートに可愛らしくおねだりをしてくるのだ。

警戒心の低い小動物のように小首を傾げて、首に両腕を回して抱き着いては膝の上に乗り上げてくる。

その柔らかな肢体も体温も直に伝わってきて、容赦なくエセルバートを翻弄した。夢と現実の境がわからなくなるほどに可愛がったというのに、目が覚めると虚しさが心に広がる。

夢に会いたい人が出てくるのはいいが、この試練は己の心が穢(けが)れているからか。生殺しのような日々はそろそろ我慢も限界だ。

「どこまで君はわかってやっているんだろうな」

そっとニーナの手にお守りを握らせる。

彼女が作るお守りは一種の呪符だ。

特別なことはしていないと本人は思っているようだが、実のところ効き目が強い。

ニーナと相性のいい植物から抽出したエキスをインクに混ぜて、紙に特殊な文字を描いているそうだが、詳しいことは占術師にしかわからない。

他に売られている気休め程度のお守りとはなにかが違う。一体どこまで持続性があるかはわからないが、インクの効果が薄れるには数か月ほどかかるだろう。

危険性もなく健康被害もないが、人気が出過ぎてしまうのはよろしくない。余計な火種を生んでしまう。恐らく本人も潮時だと思っているだろう。

――これ以上話題になるなら、どこかで規制をかけることも検討しなくては。

なにか問題に発展すれば傷つくのはニーナだ。

ニーナは興味のあることにはとことんのめり込んでいく。楽しいことや気になることは、寝食を忘れてしまうほどに。

だからといって食事に関心がないわけではない。エセルバートが食料を持ち込むと、目を輝かせて見上げてくる。あの真っすぐで、欲望を隠さない目が笑いを誘う。

「目は口程に物を言うとはニーナのことだな」

感情表現が豊かで、すぐ顔に出る。

一般的な貴族令嬢なら表情は取り繕うものだ。淑女の仮面をかぶり、心の中までは見せないのに。ニーナは常に真っすぐエセルバートの目を見つめて、思ったことを伝えてくる。

偽った心を見せることなく、相手の心を見透かす必要もない。

それがどれだけ安らぎを与えてきたか、本人は気づいていないだろう。

「眠っていると君の目が見えないのは残念だが、寝顔というのもそそられるな」

寝ている姿はあどけない少女のようだ。

もう成人しているというのに、実年齢より幼く見える。

だがエセルバートの夢に出てきたニーナは、無垢な少女の中に潜む妖艶さで彼を魅了し続けてきた。

「……この無防備な顔で、君は何度俺にキスをねだってきたことか」

指先でそっと唇に触れる。

ふっくら柔らかい唇は弾力があり、夢の中で幾度も感触を味わった。もちろん指で触れるだけでは済まさず、しっかり唇をいただいている。

お守りを持たせたまま快楽を引きずり出されれば、ニーナも夢の中でエセルバートと疑似体験をするかもしれない。

たとえ目が覚めたときに夢の中の出来事を覚えていなかったとしても、何かしらの記憶の種は残るだろう。

――精々気持ちよくなって、たっぷり俺を意識すればいい。

片膝を寝台に乗り上げてニーナに覆いかぶさり、彼女の唇をがぶりと奪った。

顎に指をかけて顔を固定する。

舌先でくすぐるように唇をなぞると、すんなり閉じていた口を開いた。

素直すぎる身体が愛おしくも心配になる。

良からぬことを企む男に狙われたら、あっという間に既成事実を作られて子供を身籠っていることだろう。

——まあ、俺以外に触らせるつもりはないが。

ローブの下にはこんな柔らかで魅力的な身体を隠し持っているなど、ほとんどの男は気づいていない。雑貨店に向かうときはローブを身に着けないようだが、星の塔を出るときは身分を示すものとして着用している。

ニーナの熱い口内を味わいながら、そっと彼女の顔に触れる。

丸い頬、華奢（きゃしゃ）な首筋、鎖骨の窪（くぼ）み……触れる指先が徐々に下がっていき、ふっくらした双丘にたどり着いた。

普段は身体の線を拾うことのないワンピースを着ていてわかりにくいが、夢で視たのと同じくニーナは女性らしい身体つきをしていた。

弾力がある胸はエセルバートの手にちょうどいい。今の大きさでも、寄せれば自分ののが挟めそうだな、と卑猥（ひわい）な妄想を抱く。

躊躇（ちゅうちょ）なく服の釦（ボタン）を外す。

予想通り飾り気のない下着だが、これはこれで悪くない。誰にも手を出されていない証拠だと思えば、エセルバートの機嫌も上昇する。

胸当てをずらすと、魅惑的な果実がふるんと現れた。

ぷっくり膨らんだ赤い実が淫らにエセルバートを誘う。

口に含んで食べてほしいとねだっているかのようだ。

エセルバートはそっとニーナの胸にキスを落とし、胸の頂を舐めた。

「ンァ……」

ニーナの口から微かな声が漏れた。だがまだ起きる気配はない。

反対の胸を手ですくい上げるように触れながら、ちゅぱちゅぱと飴を転がすように果実を舐める。

味などしないはずなのに、不思議と甘く感じてクラクラする。

夢なんかとは比べ物にならないほど甘美で酔いそうだ。

五感で伝わる感触が、これは現実なのだと告げている。

「痕を残したいのはやまやまだが……やめておくか」

唾液で濡れた淫らな果実が物欲しそうに見える。白い肌に所有の証をつけたいところをグッと堪えた。

まだニーナはエセルバートのものにはなっていない。所有印をつけるのは名実共に彼女が自分の花嫁になってからだ。

キュッと指先で胸の頂を弄ると、ニーナの腰がぴくんと跳ねた。

現実での体験と夢での出来事が直結していればいい。

淫靡(いんび)な触れ合いが淫夢となってニーナに現れれば、彼女が目を覚ました後に影響が出るだろう。

たとえば恥ずかしすぎて目を直視できなくなったりしたら、意識されている証拠になる。早く男として意識して、恋心が芽生えてほしい。

頬を赤く染めて挙動不審になったら愉快だ。避けられたら悲しいが、そのときは自分が追いかければいいだろう。

ニーナに嫌がられると、さらに嫌がることがしたくなるなんてどうかしている。もちろん本気で拒絶されることは決してしないが。

——そうだ、逃げたら追いかければいいだけのこと。逃げようだなんて思わないことだな。

いつまでも触れていたくなる柔らかな双丘から手を離す。

ゆっくり腹部を撫でて視線をずらすと、エセルバートの目が太ももに留まった。

太ももで靴下が下がらないように留めるベルトもシンプルで飾り気がないものなのに、視線が逸らせない。

肉感的な太ももにベルトが食い込み、むっちりした肌の感触と滑らかな靴下の感触の両方に触れたくなった。無論、迷うことなく触れる。

——やはりいいな。贈るか。

ベルトの食い込みが素晴らしい。すっと指を差し込みたくなってしまう。

思えばエセルバートがニーナを異性として意識した最初のきっかけも、ニーナが無防備に長椅子で昼寝をしているのを目撃したときからだった。

ニーナと出会った当初はセレイナの孫娘で占術師見習いとしか見ていなかったのだが、彼女の行動が愉快でいつしか目が離せない存在になっていた。

自室で仮眠をとるのは普通のことだが、ニーナの寝相はとても悪かった。

頭隠して脚隠さず……うつ伏せ状態で頭からブランケットをかぶり、太ももが丸見えになっていた。

スカートが大胆にめくれ上がり、上半身だけが熱そうだった。さすがにエセルバートもギョッとしたが、むやみに触れるわけにもいかずその場に立ち尽くした。

これまで女性の脚をまじまじと観察したことはあっただろうか。

肉感的な太ももに、すらりと伸びたふくらはぎ。白い肌を彩るシンプルなガーターベルトまで扇情的に映る。

無意識にエセルバートの喉が上下した。

喉までこみ上げた感想は、「うまそう」の一言に尽きた。

ギリギリ理性が働きニーナに触れなかったが、あれから彼女の脚に仄(ほの)かな劣情を抱くようになったのは仕方ない。

もう一度見てみたい。

今度は思う存分撫でまわして、肌の柔らかさと弾力を味わいたい。

彼女を異性として意識してから約一年。密かにニーナの脚を飾るガーターベルトを集めだした。

セドリックさえも知らないエセルバートの秘密の収集癖は、ニーナが装着することで終わりを迎えそうだ。

——可愛い花とフリルもつけたらニーナも喜ぶな。

ニーナの太ももを撫でて、肌の感触を味わうも彼女が起きる気配はない。

そっと内ももの弾力を堪能し、エセルバートは片脚を持ちあげた。

内ももにキスを落とし、キツく吸い付く。日焼けを知らない肌に赤い花が咲いた。

「ああ、しまった」

欲望に抗（あらが）えず、つけるはずのなかった所有印をつけていた。

己の無意識の行動に苦笑する。

だが仕方ない。つけてしまったものは消せないのだから。

「自分のものだという証が肌に刻まれるなんて、気分がいい」

もっとつけたい衝動をなんとか抑え込んで、キスだけで我慢する。

彼女の柔らかな肌を堪能し脚を下ろした直後。

「ん……」

ニーナが寝返りを打った。

目が覚めたのかと思いきや、ふたたび健やかな寝息が聞こえてくる。

「警戒心がなさすぎないか」

あまりに無防備すぎて目を覆いたくなったが、自分に心を開いている証だと思うと気分がいい。

寝返りを打ったことでスカートの裾が大胆にめくれ上がり、ニーナの下着をちらりと見せている。

飾り気のない白い下着は色気が皆無だ。

だがその子供っぽさが逆にニーナらしい。

とはいえ、もう少し色っぽい下着をつけている姿も見たい。日焼けを知らない肌が白いレースに包まれている姿も無垢で可憐だろうし、黒いレースも滾（たぎ）るものがある。

「遊び心があるものを贈ればいいか」

ニーナのことだから、新たな下着が増えていても祖母のセレイナが用意したと思い込みそうだ。

素直でわかりやすいニーナが可愛らしい。

寝ている身体に快楽を覚えこませたいところだが、さすがに自重するべきだろう。

――この体勢だと悪戯をするのも無理があるな。

丸い双丘を下着の上から撫でるくらいはしたいものだが……ここで柔らかな感触を味わってしまえばさらなる欲求がこみ上げそうだ。

理性が効かず最後まで奪いたくなるかもしれない。

男は隙あらば獣に豹変する生き物なのだと、ニーナに理解させるべきか。

今後自分以外の男に懐かないようにしなければ。ニーナの魅力に気づいた男が、無防備な彼女を手籠めにする可能性もゼロではない。

――自分のことを棚に上げてとは、まさしく今の状況だな。

熱がこもって身体が熱い。股間がひどく窮屈だ。

「腹立たしいな……生殺しだ」

そう言いつつも、ニーナの傍から離れたくはない。

小柄なニーナが自分を受け入れるには、どれほどの時間をかけて解さないといけないだろう。

大柄とまでは言わないが、二人が並ぶと身長差がある。

それなりに鍛えているエセルバートは当然筋肉質だ。運動をこれっぽっちもしていない引きこもりのニーナは体力面でも雲泥の差だろう。

性行為が痛くて疲れるものだと認識されては困る。気持ちよくて好きになってもらうためにはどうするべきか。

――試練だな。

エセルバートが自分の欲を優先させず、ニーナに尽くすしかない。

きっと蕩(とろ)けた表情で「もっと」とねだる彼女は、とてつもなく愛らしい。

すやすやと眠るニーナはどんな夢を視ているのだろう。

とても淫らな夢を視ていたらいい。

起きたときに夢の欠片(かけら)が残っていることを祈って、エセルバートはニーナの太ももに触れるだけのキスをした。

――も、ものすごくいやらしい夢を視ていた気がする……。

ニーナは顔を真っ赤にして、飛び起きるように目を覚ました。

身体に熱がこもっているのは気のせいなのか、現実なのか……判断がつきにくい。

布地に触れるだけで胸の尖(とが)りがジンジンするようだ。お腹の奥が熱くて重いのは、月の障りとも違う。

――セドリック様が色気全開で迫って来たような……！

低く腰に響く声で、愛を囁かれた。

もしも夢が潜在的な願望を見せるのであれば、自分はセドリックとそのような関係になりたいと思っているということか。

「……っ！」

まともに顔を合わせられる気がしない。次に彼と目を合わせただけで、挙動不審になる自信がある。

淫靡な夢を追い払うために、水浴びをしてこよう。

「……なんだか下着が……？」

ぴったりと張り付いて濡れているようだ。

今までに感じたことのない不快感……ニーナは恐る恐る下着を脱いだ。

予定外の月の障りではなかったのはよかったが、ぬるついた残骸を見て赤面した。

夢の中の出来事が身体にも影響していたらしい。

「ひゃあぁ……っ！」

――これは普通のことなの？　それとも私がいやらしいの？

経験が乏しくて判断ができない。

どことなく身体が物足りないと訴えるのは、本能がなにかを欲しているからか。

「……ん？　なにこれ」

太ももに赤い痣が浮かんでいる。

虫刺されのような小さなものだ。手でこすってみるが、肌の表面は滑らかで痛みも痒(かゆ)みもない。

「まぁ、いっか」

痛みがないなら問題ないだろう。

だがそれよりも、この下着は早く洗った方がいい。

なんだか一晩で大人の階段を数段上ってしまった気がして、ニーナは赤面したまま下着を手洗いしたのだった。

第四章

一年で最も昼が長い日に、ディアンサス国の建国祭が行われることとなった。

空はすがすがしいほどの快晴で雲ひとつない。

早朝から王都のみならず、国内のあちこちの領地で祭りの準備が進められていた。

この日は各地で催し物が開催され国中が祭り一色に染まるのだが、今年は例年以上に国民の熱気が高まっていた。

その理由はただひとつ。国王の花嫁が選ばれるからだ。

「……一睡もできなかった」

建国祭のためにニーナは何度も試作を重ねて、念には念を入れて準備を進めてきた。ようやく本番を迎えられるというのに、ニーナの目の下にはくっきりと隈が浮かび上がっている。

「まったく、あなたは繊細ね～。あれこれ心配するよりはいい加減腹をくくって、祭りを楽しめばいいでしょう」

そうニーナを励ますのは祖母のセレイナだ。

昨晩からあちこちで飲み歩き、同じく一睡もしていないはずなのに肌はつやつや。年齢不詳の若さの秘訣は飲酒なのだろうか……とニーナは疑問に思う。

緊張感を一切感じさせずいつも通り自由で豪快だ。そんな性格は積み重ねてきた経験故か、生来の性格なのか。

——きっと性格が八割だわ……私はおばあ様みたいに楽観的にはなれないもの。

何度も何度も試作を繰り返して、失敗を限りなく減らす。ニーナはそんな地道な方法でしか自信がつけられないが、天才肌のセレイナはたとえ失敗をしたとしてもそのとき対処したらいいと思っている。

慌てずに対処ができるほどの自信は経験値がないと難しい。

「景気づけに一杯飲んどく？」

葡萄酒が入ったグラスを手渡されそうになったが、ニーナは首を左右に振った。

変に酔いが回ったら恐ろしい。

「遠慮しておくわ。陛下の花嫁が決まるまでは気が抜けないから……だってこんな大役は一度きりだもの。失敗したらどうしようって思っちゃうでしょう」

「何度も試したのなら問題ないわよ。私だってあなたの練習に付き合ったじゃない。それで大丈夫って判断したのよ？　あとは自信を持つだけよ」

セレイナはニーナが受け取らなかった葡萄酒を飲み干した。

「それに万が一失敗したとしてもなるようになるわよ。罰則があるわけじゃないんだから、気にすることもないわ。控えめな性格の女性なら、選ばれたとしても名乗りでない可能性もあるじゃない」

「……確かにそうね！」

身体に花の痣が浮かんだ人が国王の運命の相手になると国中に広めているが、痣に気づかない可能性もあれば名乗り出ないこともあるだろう。

相手が誰かを知っているのは国王のみ。なかなか名乗り出ないのであれば、彼が直接確認しに行くしかない。

――私は私ができることだけをやったらいいわよね！

後のことは当事者に任せよう。

そう思うとニーナの緊張が解（ほぐ）れてきた。途端に空腹を感じ、セレイナが用意したお手製のオムレツを胃に納めた。

建国祭での最初の仕事は、空からディアンサスの国花を降らせることだ。

これは例年にはない演出で、日が暮れるまで楽しんでもらおうというニーナの案である。

この日のために新調した白いローブを身に着けて、気合いを入れて髪の毛をひとつに括った。

普段は化粧もしないけれど、珍しく頬紅をつけて口紅も使用する。

いつもとは違う装いがニーナに活力を与えた。こうして外見から気合いを入れると、疲れと眠気はどこかへ消えたようだ。

「よし、そろそろ時間だわ」

祭りの開始時刻に合わせて星の塔の屋上に向かう。

前日に準備をしていたしゃぼん玉製造機に手作りの呪符を貼り付けると、ポポポンッと撫子(なでしこ)の花びらが放出された。

しゃぼん玉に閉じ込められた花びらが宙を舞い、風に乗って運ばれていく。その一個を指でつつくと、パチンと泡が弾けてニーナの手のひらに花びらが落ちた。

数秒後には体温に溶けてしまったかのように跡形もなく消えた。

「実験通りだわ」

しゃぼん玉に触れると泡が弾けて、中の花びらがふわりと現れる仕組みだ。地面に落ちる頃には消失するので、掃除の心配はない。

しゃぼん玉液の補充は必要だが、補充だけならニーナが監督しなくても問題ない。夜になれば花火が上がるので、この演出も日暮れまでのものだ。

塔の上からでは人々の反応が見えないのが残念だが、驚きや喜ぶ表情を想像すると心が弾む。

　祭りの日だけに見られる特別な催しとして、楽しんでもらえたらいい。

「花をしゃぼん玉に閉じ込めて降らせるなんて、素敵な案じゃない。持続性が気になるところだけれど、今日は風もあるし問題なさそうね」

「ありがとう、おばあ様。できるだけ遠くに飛ばせたらいいわよね」

「改良点があれば来年も頑張ればいいわ。まずは王都中に届けられたら上出来よ」

　もう来年のことを考えているとは驚きだが、確かにそうだと納得する。毎年改良を重ねていけば、来年はよりよいものが出来上がるだろう。

「さぁて、夜になればお待ちかねの儀式ね。一体陛下は誰を選ぶことやら」

　セレイナがニヤニヤと笑いだした。

　もしかしたら国王の片想いの相手について心当たりがあるのかもしれない。

「もしかしておばあ様は聞いているの？　陛下の想い人のこと」

「さあ、どうかしら。守秘義務があるからねぇ」

「わかったわ、皆には内緒で陛下から恋愛相談も受けていたのね？　それなら今回の儀式もおばあ様に任せればよかった……」

「なにを言ってるの。私が任せられていたらこんな回りくどいことなどしないで、直球で当たって砕けろって唆(そそのか)してるわよ」

「砕けちゃうのはまずいのでは？」

国中を巻き込むようなやり方を選ばないというのは理解できるが。

――誰を花嫁に選んでも争いになりそうなら、諦めがつく方法として運命を演出っていうのもアリだとは思うけど……誰も傷つかないし。でも追及の手がおばあ様に集中したのは申し訳なかったかな。

当然ながらこの件に占術師が関わっていることを、大臣たちも知っている。まさか弟子のニーナが任されているとは思ってもいないだろうが、こっそりセレイナに賄賂を渡して自分の娘を選ばせようとする輩が現れたそうだ。

もちろんそんな裏工作は阻止された。セドリックが裏で手を回したらしい。

だがそんな背景があったため、セレイナは建国祭のギリギリまで領地に滞在していた。辺境の地まで赴く暇な貴族はさすがにいなかったらしい。

「今日は夏至だから、日が落ちるのも遅いわね。儀式は予定通り舞踏会開始前に行うとして、休憩時間はしっかり休むように」

「はい、おばあ様もほどほどにね」

「ええ、もちろん。今日は飲むわよー！」

それはいつも通りである。

ニーナは心の中で呟き、セレイナが王城へ向かうのを見送った。

適度に息抜きをしないと頭が回らなくなる。忙しいときほどこまめに休息をとるようにしよう。

――セドリック様もちゃんと休んでるかしら？

彼とは三日前に会ったのが最後だ。

いつも通り部屋に来てニーナを構い倒し、共に食事をして仕事に戻っていった。ものすごく忙しいはずなのに、時間ができるとニーナの生存確認をしに来てくれる。

それも祖母が戻って来たことで途絶えてしまったが。

――祭りの様子を見ながら気晴らしができたらいいけれど。

城外に下りればおいしそうな屋台の食事も楽しめそうだ。貴族は買い食いなど滅多にしないが、この日は特別である。匂いにつられてお忍びでやってくる身分の高い貴族も多いとか。

ニーナが星の塔を抜け出してセドリックに差し入れを購入できたらいいが、余計なお世話かもしれない。

「……でも、祭りに行けなくてもきっと誰かから差し入れをもらっているでしょうし、大丈夫よね。私は今夜の儀式に集中しなくちゃ」

運命の相手を選ぶ儀式に使用する紙を五枚用意した。

もし書き間違えた場合や汚してしまった場合を含めて多めに作ったのだ。

真四角の紙には撫子の花から抽出したエキスをインクに混ぜて、撫子の花を描いている。この花をうまく描くために何度も練習を重ねて、綺麗に描けたものが五枚だった。

呪符として機能させる文言も手書きで慎重に書き、紙の真ん中に名前を記入できる空白を設けている。

同姓同名の相手が選ばれないように、意中の相手の髪の毛を一本準備して紙を折りたたむのだが、相手の髪はセドリックがどうにかして手に入れたと言っていた。側近とは大変な仕事である。

「事故も起こらず、大きな失敗も起きず。今日が無事に終わりますように」

祭りの開始を知らせる鐘が鳴り、楽しい一日が開幕した。

祭りは予定通りに進み、あっという間に儀式の時間がやって来た。

事前に準備を施し、祭壇の上にニーナが用意したガラスペンとインク、そして儀式の要の紙を置いている。

白いローブのフードを目深にかぶり関係者席に座りながら、国王が祭壇に向かうのをハラハラした気持ちで見守っていた。

思えばニーナが間近で国王を拝んだことは一度もない。国王の演説を聞く王都の平民の方がニーナよりも顔を把握しているだろう。

──あの方が、初恋泥棒の名をほしいままにするエセルバート国王陛下ね……。

少し距離はあるものの、ニーナははじめてまじまじと国王を眺めることができた。

眩い金の髪は煌めいており、陽の光を浴びればより一層輝きが増すだろう。

遠目からでも人目を惹く美男子だということが伝わってくる。横顔だけでも絵画のように整っていた。

真っ白な衣装を着ているが、彼ならなにを着ていても様になりそうだ。何なら漆黒の衣装も映えるに違いない。

──なるほど……すごく女性に人気なのがわかったわ。陛下が誰を選んでも争いに発展しそう。

雑貨店で見かけた貴族令嬢を思い出す。どうしても国王の花嫁に選ばれたいと言っていたのは、彼女自身の恋心故だろう。

──陛下はあの令嬢を知っているのかな。でも社交界に出ているなら顔見知りの可能性が高いわよね。

ニーナも国王が誰を選ぶかは知らされていない。想い人が彼女であれば相思相愛になれるが、もしも別人であれば失恋が確定する。

これは誰かの人生を左右する儀式なのだと改めて感じていた。今日選ばれてしまう女性はある意味可哀想かもしれない。

運命というのは聞こえがいいが、かなりの重責になるのは違いない。妃という立場だけで国中から注目されるのだ。繊細な女性なら選ばれたと同時に卒倒するだろう。

そのあたりをどう考えているのか、セドリックに確認しておけばよかった。

選ばれたことで気を病んでしまうような女性なら、選ぶ手助けをしたニーナにも少なからず責任がある。

——神経が図太くてちょっとのことじゃ倒れなくて、争いが起こればうまく落としどころを見つけられて、でも売られた喧嘩は倍返しにできて、なるべく波風を立てず転んでもただじゃ起きないような女性だったら胸が痛まないいんだけど……。そんな令嬢っているかな……。

そう都合よくいかないのが人生というものである。あのモテモテな国王が選ぶ女性はどのような相手なのか、まったく見当がつかない。

案外美醜に拘りはないのかもしれない。人は自分が持っていないものを持つ相手に惹かれるらしい。遺伝子的に。

ふと国王が振り返りニーナと目が合った。

「……っ！」

視線が合うなどこれがはじめてだ。

——あれ？

エメラルドグリーンはセドリックの瞳の色でもある。

だがどこかもっさりした印象の強いセドリックと、すっきりと前髪を上げて額を出し、髪を後ろに撫でつけている国王とでは似ても似つかない。

視線があったのは僅かだったが、彼はすぐに前を向いた。

ニーナは隣に座る祖母を窺う。彼女はなにも動じていない。

——落ち着こう。こんな厳かな空気の中でやるから、余計緊張しちゃうんだわ……。

まるで神聖な儀式のような雰囲気が漂っているが、やっていることは単なる公開求婚の仕込みである。

意中の女性を狙うすべての男性を牽制できる利点があるが、運命という便利な言葉がいろんなことをふんわりぼかしているだけだ。

ニーナたちに背を向けて、国王が祭壇の前に立った。

彼はニーナが用意した紙に求婚相手の名を刻む。

このことを把握しているのは、ニーナとセレイナ、そして側近のセドリックのみだ。他の参列者は、詳しい儀式の内容は知らされていなかった。

そういえばセドリックの姿が見当たらないと視線を彷徨(さまよ)わせたところで、国王が懐からペーパーナイフを取り出した。

――え？　なにをするつもり……？

親指に傷をつけて、紙に血を押し当てている。

「おばあ様」

「都合がいいわね」

国王の遺伝子は特に不要なのだが、確かに血が滲んだ呪符は効力が増す。相手との結びつきもより強固になるだろうが、そういう演出は事前に相談してほしい。

――この落ち着きぶり……おばあ様は相談されていたのかも？　でも私に一言あってもいいと思うわ。

ただ名前を書いただけでは、この場に参列している大臣たちへの説得力が欠ける。彼らは本当に占術師が運命の相手を選んでいると思っているのだから、国王側の演出も必要不可欠だったのだろう。

――まあ、いっか。効力が増すんだから。それっぽい演出があった方が信憑性も上がるものね。

国王が紙を折りたたみ、用意していた封筒に入れた。これで一旦儀式はおしまいだ。

後の仕事は占術師がひっそりと行う。

全員が退出後、ニーナは封筒を鍵付きの小箱にしまった。日付が変わる頃に最後の仕上げとして特殊な炎で燃やすのだ。

そして朝になれば、国王が選んだ相手の身体にニーナが描いた撫子の花が浮かび上がる。

――よくよく考えると、呪いに近いかも……？

運命の相手選びをおとぎ話のようだと思うか、呪いの儀式と捉えるかは選ばれた乙女次第。

相手が迷惑だと考えれば、きっと今回限りの儀式になり次代へは受け継がれないだろう。

――次代を考えるのは陛下に世継ぎが生まれてからの話だけれど。

自分勝手なことを言うようだが、国王に選ばれた女性はぜひとも彼の想いを受け入れてほしい。

早くに即位した国王だが、悪い評判は聞こえてこない。

外見は言わずもがなな美しさで、甘い微笑は腰が抜けそうになるほど魅惑的。声も極上だ。均整の取れた体躯(たいく)は鍛えられており、剣の腕もある。争いを好まない性格で政務にも真摯に取り組んでおり、周辺国との関係も良好だ。

人は誰しも短所があるものだが、ニーナは国王の欠点を聞いたことがない。セドリックが愚痴をこぼさないのは彼の責任感の強さもあるだろうが、多少の無茶を言ったとしても傲慢や横暴さはないのだろう。

王妃という立場は重責だが、国王が隣にいれば怖くないはずだ。運命の相手として大々的に選ばれたのなら、誰が王妃になっても国民から歓迎される。

美しすぎる夫の隣に並びたくないという乙女心は生まれるかもしれないが。

――あとは……性癖かしら。

懸念があるとすれば特殊性癖があるかどうか。だがそれも当事者同士で話し合って折り合いをつければいい。多分。

「ニーナ、終わったのなら帰るわよ」

「はい、おばあ様」

セレイナが聖堂の裏口へ案内する。

ニーナが小箱を落とさないように抱きかかえて進むと、裏口の扉の前には数名の騎士が二人を待っていた。

「この先は我々が護衛します」

「護衛？」

そんな話は聞いていない。ここから星の塔まで、徒歩十分もかからない距離だ。

思わず祖母を窺う。彼女はすんなり受け入れた。

「陛下の采配かしら」

「はい、良からぬことを企む輩がいないとも限りませんので」

――これを強奪される可能性とか、占術師を誘拐する可能性とかかしら……。

どんな手段を使っても王妃に選ばれたいと思う強硬派がいないとも限らない。用心に越したことはない。

四名の騎士に警護されながら星の塔に戻る。

彼らは塔の中に侵入者がいないか確認をして、問題ないと判断するとようやく城へ戻った。

施錠していれば安心だと思うのは甘いかもしれない。ニーナは内心ビクビクしながら、隠し金庫に箱を保管した。

「まあ、この塔が爆破でもされない限りは大丈夫よ」

「不吉な予想はやめて？　おばあ様」

「大丈夫よ、そんな未来は視えていないから」

きっぱり断言されると安心感がある。彼女が言うのであれば悪い未来はやってこないだろう。

「よかった、おばあ様がそう言ってくれるとほっとしたわ。今日はずっと一緒にいてくれるんでしょう？」

「残念だけど、私にも用事があるから後はよろしく！　あら、もうこんな時間だわ、出かけてくるわね」

サッと占術師の証であるローブを脱いで出かけてしまった。領地からやってきている祖父と約束があるそうだ。

「若者を置いてデート……羨ましい」

ポロッと本音が零れる。

自分にも恋の季節が到来する日がやってくるのだろうか。今まできちんと考えたことはなかったけれど。

「恋……ね」

ポポポン、と脳内にセドリックの顔が思い浮かんだ。

息抜きにやってくる寛いだ姿から、先日夢の中で視た扇情的な姿まで。

とても口にはできないような色っぽい表情で翻弄してきた姿が、ニーナの脳裏を駆け巡る。

「ひゃああ……っ！」

――ダメよ、思い出したら！

不埒な記憶を脳内から削除したい。

あれからまともにセドリックの姿を見ていないけれど、彼と目を合わせたら赤面してしまう自信があった。

――今日チラッとでも会えるかと思ったのに、いなかったわね……陛下の側近って常に陛下と行動を共にしているわけじゃないのかしら。

挙動不審にならなくてよかったという安心感と同じくらい、会えなかった寂しさを感じてしまった。

こんな風に思考がセドリックでいっぱいになるなんて。彼が好き……なのだろうか。

「す、好き……？　私が？」

これが恋という感情だと言われればそうかもしれない。だが単純に、一番身近にいる男性だから意識している可能性も否定できない。

考えすぎてわからなくなるが、セドリックのことは確実に男性として意識している。

「……とりあえず休んでおこう」

今は余計なことを考えず、今夜の仕事をまっとうしたい。

日付が変わる前に起きて、儀式を完了させる。それまでの自由時間は休んでおいた方がいい。

お気に入りのソファに寝転がり、ブランケットにくるまりながらニーナはギュッと目を閉じた。


午前零時を迎える直前に、ニーナは国王が記入した紙を封筒ごと青い炎にくべた。

これで数時間後には選ばれた乙女の身体に花の痣が浮かぶだろう。

なんの花が選ばれたかはニーナと直接紙に記入した国王しかわからない。花の種類を公表すると、自ら同じ花を身体に描いてくる女性が現れてしまう。

――我こそが！　と名乗り出る女性が現れるのも想定の範囲内よね。

それは祭りの後夜祭のようなものだ。

名乗り出た偽物の女性も登城できる権利を持ち、国王とのお茶会に参加できるらしい。

そのような特典をぜひとも活用したいと考える女性は大勢現れるだろう。

とはいえ、そこまで根性のある女性がいるかもわからないが。国中が注目している中でお茶会目当てに花の痣を描くのは、なかなか肝が据わっている。

「ようやく肩の荷が下りたわ……私の役目はこれでおしまいね」

何度も試して祖母からもお墨付きをもらったのだから、儀式が失敗するとは考えにくい。しかも国王の血液付きとなれば効力は随分上がっているはずだ。

痣の場所はある程度指定できると伝えたが、果たして国王は指定したのか否か。それすら中身を確認していないニーナには知る由もないが。

王城では舞踏会が終わる頃だろう。

煌びやかな場所で人目に晒されるよりも、ひとりでのんびりゴロゴロしている方が気楽に過ごせる。

今宵は星を読むのもお休みだ。なにか異変があればセレイナが気づくはずだ。

耳を澄ませば楽器の音色が聞こえてきそうだが、ニーナは寝台に潜り込むとすぐに夢の世界へ旅立った。

◆
◆
◆

時間を気にせずに眠れたのはいつぶりだろう。

忙しいのはいいことだけど、ゆっくりできる時間も大事だ。

日が高く上った頃、ニーナは湯浴(ゆあ)みをしに浴室へ向かった。

浴槽に湯を溜(た)めて身体を温める。寝起きでぼんやりしていた頭が徐々に覚醒し、身体の凝りも解れていく。

「あ~気持ちいい……そうだわ、入浴剤も入れよう」

瓶詰の入浴剤を取るため一旦浴槽から出て、入浴剤を取った。塩と乾燥させた花から作ったものはニーナのお手製だ。

「……ん?」

ふと、ニーナは鏡に映った自分の姿が目に入った。臍(へそ)の下になにやら模様が浮かんでいる。

「……え? ええ?」

曇った鏡を手で拭い、すぐに鏡ではなく直接確認するべきだと気づく。

服を脱いだときはまったく気づかなかったが、ニーナの下腹には見覚えしかない撫子の花がくっきりと浮かんでいた。

眠気が一気に吹っ飛び、頭が真っ白になる。

「待って、なにかの冗談よね……？　ああ、消えない……！」

ごしごしと指先で下腹をこするが、当然ながら汚れではないので落ちる気配がない。

ニーナの実験では一週間ほどで自然と消えたが、今回は効力が強いため持続性が長そうだ。

考えられる最悪の事態を想定する。

「まさか……儀式が失敗した？」

ニーナの顔が青ざめていく。身体がぶるりと震えた。入浴剤を投入する気力もない。ふらふらと浴槽に身体を沈めて、状況を整理する。

――どうしてこんなことに……だってあんなに試して成功していたのよ？　失敗するなんてありえる？　きちんと相手の髪の毛を入れていたし、それにおばあ様のお墨付きだってもらえていたのに。

念には念を入れて取り組んでいたというのに、儀式は失敗だった。なにやら不測の事態が発生し、術者であるニーナに跳ね返ってきたようだ。

この状況は非常によろしくない。占術師の立場も危うくなってしまう。

このままではニーナにも不名誉な噂が流れそうだ。

国王に惚(ほ)れた見習い風情が自分を売り込んだだけだったと噂されたら、国外追放になり得るかもしれない。

「どうしよう……！　こんなはずじゃなかったのに……」

セレイナにも多大な迷惑をかけてしまう。

だがそれよりも、本当は選ばれるはずだった女性と国王の縁も消えてしまうかもしれない。二人の縁がなくなることがなによりの損失だ。

混乱するニーナの頭に「逃亡」の二文字が浮かんだ。

自分が失踪すれば祖母には迷惑がかからずに済むし、儀式の結果は国王にしかわからない。

意中の女性からなにも動きがなければ、きっとそのときは国王が動きだすだろう。

――そうだわ、逃げるなら祭りの片づけでごたついている今しかない……！

半ば真剣に逃亡を企てそうになるが、理性が待ったをかけた。まずは逃げるよりも先に事実確認をするべきだ。

国王が一体誰の名前を書いたのか。その上で対策を練るしかない。

――そうね、可及的速やかにこっそり痣をつけたらいいんだわ。

自分ではなかなか目に入らない場所に痣がつけられれば、発見が遅れてもおかしくないはずだ。背中や首の裏など、場所は限定的になるが。

「まずはセドリック様に陛下との面会を依頼しなくちゃ」

急いで支度を済ませて、城に向かう準備をする。幸いニーナは占術師のローブを着るだけで登城が可能だ。昨日一日身に着けていたワンピースをふたたび着て、ローブを羽織った。

下腹の痣はこの際記憶の片隅に追いやることにした。一刻も早く消す方法を考えたいが、後回しにしよう。

王城に到着すると、正門付近に多くの女性たちが集まっていた。我こそは国王の運命の相手だと名乗りを上げる女性たちだ。

――ええー！　想像以上に多いわ……！

多くは貴族令嬢に見えるが、中には市井に住む少女まで交ざっているようだ。きっと一度でもいいから国王とのお茶会に参加したいと思ったのだろう。

その勇気に脱帽するが、これでは簡単に面会などできそうにない。ニーナの歩みが止まってしまった。

「ニーナ様、どうかなさいましたか？」

昨日ニーナとセレイナを星の塔まで送り届けた騎士のひとりが、ニーナに気づいて声をかけてきた。今日はいつもより人が多いため、警備の配置も厳重そうだ。

「いえ……、ちょっと陛下と面会をと思ったのですが、やめておきます。日を改めた方がいいですね」

遅くまで舞踏会が続いていたというのに、貴族令嬢は元気である。ニーナにはとてもそこまでの体力はない。

親切な騎士に礼を言い、ふたたび女性たちに視線を向ける。

その中のひとりに見覚えがあった。

――あ、雑貨店で見かけたご令嬢……！

恋愛成就のお守りを所望していた女性だ。

もしかしたら儀式に何らかの作用が働いて、本物の運命の女性と自分へ二重に術がかかっているのかもしれない。

だがそうではなかったのだとしたら、供を誰もつけずにひとりで堂々と城に乗り込み、運命の相手として名乗りを上げられる勇気がすごい。

単純に国王との茶会を楽しみたいだけかもしれないが、それでも自ら縁を紡ごうとする行動力は純粋に尊敬できた。

――すごいわ……そこまでひたむきに好きな人を追いかけられるなんて。

そんな強い恋心を抱いたことがない。ニーナの心に灯(とも)る淡い感情は、恋と呼ぶにはおこがましいのかもしれない。

胸の奥に様々な感情がこみ上げてくるのを感じながら、ニーナは星の塔へ戻った。結局セドリックにも会えていない。

——あの女性たちの中に本物の運命の相手がいるかもしれないものね。陛下への確認は後日の方がよさそうだわ。

しかし祖母には早急に報告をしなくては。

自分の身体に痣が浮かんだとは言いにくいが、ありのままの事実を伝えないといけない。その上で次の行動を考えるべきだ。

だが会いたいときに会えないのは国王だけでなく、祖母も同じだった。

「……おばあ様が帰ってこないんですが……！」

用事があると言ったきり、星の塔に戻ってこない。

まさか祖父と一緒に領地へ戻ったわけではあるまい。さすがにそこまで薄情とも思えないが……どこかで酔いつぶれているとも考えられる。

「もう、可愛い孫娘をずっとひとりにさせるなんて酷いわ」

ひとりの時間も好きだが、ニーナだって祖母に話したいことがあるのだ。今回のことも最後の結果まで共有しないといけない。

少々腹立たしく感じつつも、自由気ままに生きている祖母が羨ましい。

生真面目な祖父とどういう経緯で結婚したのか気になるが、祖父は祖母に振り回されるのが好きだと言っていた。

なんて心が広いのだろう。年を取ると寛容になれるのだろうか。

気になることが多すぎて、ニーナはあまり食欲がわかないまま一日を終えた。

そして翌日の朝。ニーナの元に一通の招待状が届いた。

——胃がキリキリと痛みそうだわ……。

受け取った招待状をじっと見つめる。

穴が開きそうになるほど目を凝らしてみたが、あて先はくっきりとニーナ宛になっていた。セレイナの間違いではないかと問いたい。

そして招待状の差出人には国王の名が刻まれている。

国王本人からお茶会の呼び出しだ。今まで一度も経験したことがなかったため、祖母に泣きつきたいのに帰宅する気配すらない。

「おばあ様酷い……ものすごく心細いのだけど！」

かつてこれほど緊張したことがあっただろうか……と胃のあたりをさすりながら衣装を選んだ。

少しでも気分を上げるために淡い色合いの動きやすいワンピースを選び、その上に白いローブを羽織った。ローブを着るため、ふくらみのあるドレスを着てしまうと、シルエットが歪(いびつ)になる。なるべくストンと落ちるデザインが好ましい。

――仮面をつけちゃダメかしら。顔を隠せたら、緊張感も解れそう……。

もしくはフードを目深にかぶって視線を遮りたい。

だが国王と対面しているのに視線を合わせないというのは不敬すぎる。ニーナはローブのフードをギュッと握り……かぶるのを諦めて鏡の前で皺を伸ばした。

「……そうだわ。緊張を和らげるポプリがあったはず」

身に着けるだけでリラックス効果が得られるものだ。せめてこのくらいは持ち込んでもいいだろう。

心が落ち着く香りを嗅いで、お茶会へ挑んだ。もはや気持ち的には戦場に赴く騎士と同じだった。

案内されたのは王城内にある温室だ。季節を問わず花が採取できるので、ニーナもよく利用している。帰りにハーブを摘ませてもらおうか。

先週は蕾(つぼみ)状態だった花がいつの間にか咲いていた。そんな変化に心が和む。植物がもたらす癒しは絶大だ。

温室の奥へ進むと、開けた空間が現れた。

テーブルの上には綺麗に真っ白なクロスがかけられている。花瓶には色鮮やかな花が活(い)

けられており、ここでお茶会が催されるのは間違いないらしい。

──緊張しすぎて早く来すぎちゃったわ。

ニーナは近くの花を観賞することにした。

温室で育てられている植物はすべて丹精込めて手入れがされており、生き生きとしている。中でも薄紅色の薔薇が美しく咲いていた。

薔薇には様々な使い道がある。お茶にするもよし、ジャムにするもよし。見て楽しめて、香りも堪能できて、香水にするのも華やかで人気だ。だがたくさんの薔薇を消費するので贅沢品(ぜいたくひん)でもある。

──恋愛成就のお守りにも、薔薇のエキスを使わせてもらっているのよね。

ニーナが使うのはほんの僅かなため、何十本も薔薇を消費することはない。それでも薔薇は貴重なため、恋愛成就のお守りが他より少々お値段が高くなるのは仕方ないことだ。

今日のお茶会は、どうやら薔薇を眺めながら楽しめるようにしているらしい。

しかし他の参加者が現れる気配はない。

──もしかして私だけ……？　私と陛下の二人きり……？

いや、きっとセドリックも同席してくれるに違いない。そうでなくては会話がもたないではないか。

ニーナの心臓がバクバクと音を立てる。

きっと建国祭の功労者としてお茶会に招かれただけだ。

それに国王も昨日だけで全員の令嬢たちとお茶ができたのかは不明だ。一体何人が押しかけてきたのかわからないが、確実に二十人近くはいたことだろう。

一度にお茶会が終わったのかはわからないが、建国祭の翌々日などまだ慌ただしいはずだ。

「せめてセドリック様と話したい……」

知っている人が傍にいると安心する。国王の側近であれば彼もやってくるだろう。ニーナが慌てるところを陰から見守るような人ではないと思いたい。

緊張を和らげようと、満開の薔薇をじっくり眺める。

見ているうちになんだかおいしそうに見えてきた。

――薔薇の花びらを使ったジャムは紅茶に入れてもおいしいし、砂糖漬けにしてケーキの上に載せても綺麗よね。

加工していない花びらを口に含めば、天鵞絨(ビロード)のような舌触りを堪能できるだろう。

「それは食用じゃないぞ」

「全部の薔薇が食べられるなんて思ってませんよ」

言いながら振り返り、硬直した。

今の声は聞き慣れたセドリックのものだった。

だが、ニーナの視線の先にいるのは、煌めく金の髪が眩(まぶ)しいほどの美形。

前髪を上げて額を出していると、顔の良さがよくわかる。

「セドリック様……じゃ、ない……?」

長身の体軀も声も、ずっと近くにいたセドリックと重なるのに。今のニーナには、目の前の男が国王にしか見えなかった。

第五章

――国王陛下……よね？

「でも声がセドリック様で……え？　双子？」

そう思えるほど姿形が似通っている。

ニーナに会いに来るセドリックの方が地味で、目が隠れそうな前髪もどこかもっさりしていた。髪の毛が中途半端に長くてどこか野暮ったい印象だったのだ。

よく見ると端整な顔立ちをしているのに、失礼ながら一目惚れをされるような美形には見えなかった。

だが髪を金色にして短く整えたら、目の前の人物のようになるのではないか。

「私に兄弟はいないよ」

その声はやはりニーナに聞き馴染みのあるものだ。

何度もこの声と会話をしている。間違えるはずがない。

――それってつまり……。

頭の中がぐるぐる回転するも、答えを出すのを拒否していた。

——待って、待って……！

どう考えても、国王とセドリックが同一人物にしか思えない。国王の口調はまさしくセドリックのものだった。

「あの、でも、セドリック様ですよね？」

——陛下がセドリック様なんてありえないって笑ってほしい！

だが目の前の男はすんなり頷いた。

「ようやく気づいたか、ニーナ」

「……ッ！」

その声も表情もセドリックと同じだ。

ニーナは薔薇の花壇の前でしゃがんだまま硬直する。

——嘘、どうしよう！　今までセドリック様になにを言ってきたっけ……？

自分の記憶を掘り起こしたいが、頭が真っ白になって考えられない。

そんな彼女を見かねたように、国王は手を差し出した。

このまま座り込んでいるのは不敬だと思いつつも、ニーナは動けない。混乱しているのもあるが、もう一つ。

「あの、あ、脚が痺(しび)れて……」

今動くとふくらはぎがジンジンして、体勢を崩してしまいそうだ。手を貸してくれるのはありがたいが、相手に迷惑をかけてしまう。

「まったく、相変わらず手がかかるな」

国王は小さく噴き出した。

ニーナのわきの下に手を差し込んで、ひょいっと立ち上がらせる。だがそのまま地面に下ろすことなく、お茶会の席にまで運んでしまった。

「ひぇ……お許しを……！」

「ここは素直に、ありがとうじゃないか？」

椅子に座らせられる。

軽口を叩いていると、相手はまさしくセドリック本人だ。だが外見は国王本人で……疑いようのない事実に眩暈（めまい）がしそうになる。

「お手を煩わせて申し訳ありません、陛下。ありがとうございました」

脚の痺れが徐々に落ち着いてくるのを感じつつ、ニーナは恐縮した。一体どうしてこんな状況になっているのか、怒らないので説明してほしい。

「そうかしこまらないでくれないか。君まで臣下のように接してこられるのは堪える」

寂しさが滲む声だ。ニーナは下げていた頭を戻した。

髪と服装を変えていただけで、ニーナが過ごしていたセドリックが別人になったわけではない。そう頭では理解できるものの、簡単に割り切れるものではない。

——ものすごく気まずい……！

どうしていいかわからず視線を彷徨わせていると、ニーナの心情を読み取ったようにエセルバートが空気を変えた。

「まずはお茶にしよう」

合図と共に給仕が始まる。

先ほどまで人の気配を感じなかったのに、あっという間にテーブルの上にはティーポットと焼き菓子に軽食が並んだ。手際のよさが素晴らしい。

白磁のカップに熱々の紅茶が注がれる。

「お熱いのでお気をつけください」

「ありがとうございます」

給仕をしてくれた男性に礼を言う。

緩いウェーブがかったこげ茶の髪の毛は、いつもニーナの世話を焼いていたセドリックと印象が似ていた。

——あれ、顔は違うけど、身長や体型とかどことなく似ている……。

まさかという気持ちを込めて、ニーナはその男性に声をかける。

「不躾(ぶしつけ)に申し訳ありません。もしかしてあなたが、ゴードン卿(きょう)でしょうか？」

「はい、そうです。お初にお目にかかります、ニーナ殿」

控えめな微笑がなにかを物語っている。

同情なのか、労わりなのか……共にエセルバート国王に振り回される同士に向ける眼差しなのか。

なんだかとても仲間意識を感じた。この男はきっと味方になってくれるだろう。

――つまり、陛下は今まで勝手にゴードン卿の名前を借りてうちにサボりに来てたってことよね……？　おばあ様は絶対知っていたはず……私だけが知らなかったなんて間抜けすぎるわ！

何故そんな悪戯をしていたのだ。

ニーナは目の前でカップに口をつける男にじっとりとした視線を向けた。

「……ちょっと悪趣味じゃありませんか？　私を騙してからかっていたんですよね？　国王陛下」

「俺が隣にいるセドリックだと騙していたのは事実だが、君をからかっていたわけではない。それに俺のミドルネームもセドリックだ」

――いつもと一人称が違う……って、ミドルネームがセドリックなの？

同意を求めて本物のセドリック・ゴードンに視線を投げると、彼は首肯した。

国王のミドルネームは一般的に知らされていない。占術師の祖母なら把握しているはずだが、王族を直接占うことのないニーナが知らなくても当然だ。

――そんなあっさり、大事なミドルネームを知らせるなんて……。

多くの人が知らない秘密を打ち明けられても困る。王族にまつわる個人情報なんて、ただの見習い占術師が把握していいことではない。

誰にも言わないように気を付けよう。

「そうなのですね。でもやっぱり酷いです。こんな風に驚かされたら心臓がいくつあっても足りません」

「そうだな、騙していてすまない」

「うう……はい」

国王に謝罪をされるなんて、それも心臓に悪い。

ニーナはそっとカップを持ちあげて、一口紅茶を味わった。

「……とても香りが深くておいしいです」

「それはよかった。今日は君の好物を用意させたんだ。遠慮なく全部食べていい」

どれもこれも見覚えのある菓子だと思っていた。

酸味のあるジャムが特徴的なクッキーや、バターがたっぷり使用されたパウンドケーキまで。ニーナが一度は食べたことがあるものばかりである。

ニーナの額に冷や汗が浮かんだ。

「……あの、今までのものもセドリック様……じゃなかった、陛下がお店で購入してきたわけではなくて、料理長に作らせたものですか？」

「そうだよ」

息抜きで星の塔に来ることはあっても、ひとりで城を離れる時間まではなかなか取れない。

そう説明されてしまえば納得なのだが、まさか自分のために多忙な料理長が腕をふるっていたなんて思いもしない。

――なにも知らなかった方がおいしく食べられたと思う……。

無邪気にクッキーをかみ砕いていたのが遠い昔のようだ。これからは一枚ずつ、丁寧に味わって食べないと厨房（ちゅうぼう）がある方へ足を向けて寝られない。

「甘いものは後がよかったか？　じゃあ先に軽食の方がいいな。はい、口を開けて」

エセルバートが一口サイズのオムレツをニーナに差し出した。

キノコと燻製（くんせい）した肉が入ったオムレツは塩気があっておいしい。ニーナの好物でもあるが、本物のセドリックの前で食べさせようとするなんて困る。

視線だけで傍にいるセドリックを窺うが、彼はスッとニーナから視線を逸らした。頑（かたく）なに目を合わせようとしてこないあたり、空気に徹するつもりらしい。

「お気持ちだけで……ひとりで食べられますので……」

「それじゃ俺がつまらないじゃないか」

——真意が、真意が読めない……！

一体どこまでが彼の本気なのだ。

もしやからかいではなく、嫌がらせなのかもしれない。

——はっ！　つまり私は、儀式の失敗を咎（とが）められているんだわ！

本命の彼女に痣が浮かばなかったことへの嫌がらせだとしたら納得できる。まずはお腹を満たしてから本題に入るつもりなのだろう。

エセルバートはニーナの身体に痣が浮かんでいることを知らないはずだ。ニーナもまだ誰にも伝えていないのだから。

ならばこの嫌がらせは甘んじて受けるべきか……でも人前で、しかも国王だとわかった後にそんな行為は羞恥心で爆発してしまう。

いろんな感情が湧き上がり、ニーナの身体がぶるぶると震えだす。

セドリックがニーナに憐憫（れんびん）に似た視線を向け、エセルバートは感情の読めない笑みを見せていた。

「どうしたんだ、いつも子リスのようにもぐもぐ食べているのに。今日はお腹がいっぱいなのか？　具合が悪いなら医務官を呼ぼう」

「い、いいえ！　わたくしめのために手を煩わせるなど！」

「でも様子がいつもと違うようだが」

「いつもおかしいのでお気になさらず」

プッ、と噴き出す声が聞こえた。

セドリックがすぐに「失礼しました」と謝罪する。

具合が悪いと思われれば王城内に連れ込まれて、数日尋問が始まるかもしれない。

何事もなく自分の巣に戻るために、ニーナは無心になって料理長お手製の軽食を頬張った。おいしいはずなのに味がまったくしない。

――私は今なんの時間を過ごしているんだっけ……。

そうか、おもちゃ役か。

自分をからかうことが息抜きに繋がるのなら、下っ端のニーナが異を唱えることなどできやしない。心ゆくまでおもちゃ役に付き合おう。

きっとセドリックに憐憫のような視線を向けられるのも、生贄にしてすみませんということなのだろう。

ニーナはエセルバートの気が済むまで食事を続ける。死んだ魚のような目になっていくのは仕方がない。

クリームたっぷりのケーキまで目の前に出されて、これを食べきれば自由になれるはず……！　と、意気込んだ。

「おいしい？」

「はい、とても」

甘ったるいクリームは少し苦手だが、濃厚なのに甘すぎないクリームは滑らかでいくらでも入りそう。

「お腹いっぱいでも食べられそうですね」

「残りもニーナが食べていいぞ」

このケーキが全部自分のもの？　まさかそんな贅沢が許されるなんて……！　と、ニーナの目が一瞬輝いたが、さすがに欲張るのはダメだ。あまりに意地汚い。

「太るので遠慮します。残りは皆さんでどうぞ」

「君はもう少し太ってもいいと思うんだが」

さわさわと腹部を撫でられた。いつの間に隣に移動してきたのだ。

突然の破廉恥な行動に、ニーナの身体が硬直する。

――これは……動物のお腹を撫でているのと同じなのか、私を子供扱いしているだけなのか……！

「あの、陛下……この手はいったい」

「その呼び方やめないか？　今まで通り名前で呼んでほしいんだが」

「ですが、本物のセドリック様はそちらにいらっしゃるので……」

星の塔に引きこもっている見習いが、国王と親しく呼び合っていたらいらぬ憶測を生んでしまう。

運命の相手が選ばれていない中で余計な混乱を招くのは許されない。

——そうだ、運命の乙女！

「陛下！　運命の相手は誰を選ばれたんですか？」

「急にどうしたんだ」

腹部を撫でる手は退いたが、依然距離が近い。

この不適切とも言える距離感にセドリックが苦言を呈さないかと期待するも、彼は視線を明後日の方向に向けていた。

「いえ、城に訪れた女性たちの中にご本人はいたのかと……私も最後まで責任を持ちたいので、可能な範囲で教えてください」

今ニーナの身体についている痣は何らかの手違いだ。

あんなに準備をしてきたのに、本番では失敗したなんて思いたくないけれど。

選ばれるはずだった女性が城に現れなかったのなら、今のうちにこっそり花の痣をつけておかねばいけない。

「ふーん、最後まで責任を、ね……」

エセルバートの声が低く響いた。

彼の表情は変わらないのに、何故だろう。目の奥によからぬことを企むような色を宿している。

「そうだな、ニーナはきちんと責任を取れる大人だったな」

にっこり笑う顔も麗しい。

この顔でお茶会に参加されたら、大勢の女性たちが過呼吸を起こしそうだ。失神者はいなかっただろうか。

だが、ニーナは生憎気絶できそうになかった。

胡散臭い笑顔と台詞が少し怖い。背筋がブルッと震えた。

「あ、あー！　いっけない、お師匠様（ばあさま）に頼まれていた用事があったんでした！」

わざとらしく声を張り上げてこの場から逃げようとする。

国王とのお茶会をこんな雑に切り上げる女性はニーナくらいだろう。

「とてもおいしかったです。ごちそうさまでした」

結局なんの理由で呼ばれたのかは確認できなかったし、運命の相手が誰かもわからずじまいだが。後でセドリックにこっそり聞き出そう。

エセルバートは、我が身可愛さで逃げようとしたニーナの腹部に腕を回す。背後から抱きしめるように彼女の動きを封じた。

「ひゃあぁっ？」

「まだ話は終わっていないぞ。君は最後まで責任を取るし、何なら事後処理(アフターケア)もしっかり行う責任感が強い大人の淑女であることを証明してもらわなければ」

「なんか増えてませんか？」

そこまで言った覚えはない。

後頭部になにかが当たった感触がした。

小さく響くリップ音はつまり、考えたくはないが頭にキスをされたのではないか。

──ひえ……っ！

顔が熱いし心臓が痛い。背中は冷や汗を流しているのに、顔にどんどん熱が集まってくる。

動悸(どうき)も感じてきて、身体の変化が著しい。

「セドリック様、助けて……」

思わずこの場にいる第三者に助けを求めると、腹部に回った腕に力が入った。食べたものが圧迫されそうだ。

「ふぅん、俺から逃れようとセドリックに助けを求めるとは……非常に面白くないな」

身体を小脇に抱えられた直後、肩に担がれた。

「きゃっ」

「暴れたら落ちるぞ」

長身のエセルバートの肩から落ちたら絶対どこかケガをする。

しかし散々食べた後にこの担ぎ方をされれば、胃が圧迫されて苦しい。

「う……苦しい……吐きそうです」

ニーナの呟きを拾い、エセルバートは渋々地面に下ろした。頭に上った血が巡り、眩暈がしそうになる。

「まったく、手が焼ける」

そう言うなら放っておいてくれていいのに……むしろ彼はなにがしたいのだ。

今度は横抱きでエセルバートの腕に拘束された。身体がくるくる回転している気分だ。

エセルバートはセドリックにしばらく人払いをしておくようにと告げて、ニーナをどこかに連れて行く。

「……あの、星の塔はあっちですよ」

「このまま大人しく帰らせるとでも？」

――やっぱり送ってくれるんじゃないのね……。

すれ違いざま、セドリックに「すみません」と謝られたことがニーナの不安を煽った。

一体エセルバートがなにをするつもりなのか、見当もつかない。

お姫様抱っこをされたまま城内を闊歩すれば人目につく。

あまりの気まずさにニーナは羞恥心でどうにかなってしまいそうだ。

結果、寝たふりをすることにした。

「陛下、その娘は……」

「そのローブは占術師のものでは……もしや急患ですか？　すぐに医務官を呼んでまいります！」

「いや、違う。そうじゃない」

気にしないでくれと言うエセルバートの声には複雑な感情が込められている。

扉を開けた先でようやく床に下ろされた。

目を開くと、そこは国王との謁見室でも政務室でもなかった。

「ここはどこですか？」

「俺の部屋だが」

「お邪魔しました」

すぐさま逃走しようとするが、悲しいかな、脚の長さが違いすぎた。

「いい加減観念したらどうだ？」

「一体なんのことでしょうか！」

ずるずると引きずられた先には、中央に大きな寝台がひとつ。背後でバタン、と扉が閉じられた。

「へへへ陛下……？」

「俺はそんな愉快な名前じゃない」

エセルバートは寝台のすぐ近くに置かれている椅子に腰をかけた。心なしか疲れているようだ。

「ちょっと戯れが過ぎるんじゃ……疲れているならなおさら休息が大事ですよ」

「君がそれを言うのか。ニーナといると全然計算通りに行かない」

「世の中全部が自分の思惑通りに進んでいたらつまらないですよ？」

誤算が発生してこそ人生に面白みが生まれるのだ。

──なんて偉そうに言える立場ではないけれど。

何故自分は国王の私室にいるのだろう。こんな空間に出入りが許されるのは、国王付の侍女やセドリックだけだろうに。

「本当に、ニーナといると退屈しない」

エセルバートは片手で目を覆った。美形は手の形まで美しいのだなと、まじまじと見てしまう。

──そういえば異国の本で読んだ気がする。手の形が綺麗な男女は総じて美形度も高いんだっけ。手足という末端にまで気合いが込められている証拠とかなんとか……。

うろ覚えの記述をぼんやり思い出していると、ふいにエセルバートの指の隙間からちらりと覗いた目と視線が交差した。

「っ！」

胸がドキッと跳ねた。

色香を孕んだ雄の目だ。なんとも心臓に悪い。

それは本能的な恐怖か、それとも……。

——落ち着かない。

胸の鼓動が速い。見られているだけなのに、居心地が悪くなってきた。

少しでも身動きをしたら、二人の間に引かれた均衡を崩しそうだ。それが自分を窮地に陥らせるかもしれないと思うと、どうしていいかわからなくなる。

「ニーナ、この部屋に招いた意味がわかるか？」

「い、いいえ……」

「だろうな。俺は優しいから、君に選ばせてあげよう」

傲慢な口調なのに、声はとびきり甘い。

そんな目で見つめないでほしい。彼がニーナを欲しているように思えるから。

エセルバートが指を一本、二本と立てる。

「自分から服を脱ぐか、俺に脱がせてもらうか」

「……え？」

「好きな方を選べ」

服を脱いだらニーナの身体に撫子の痣が浮かんでいるのがバレてしまう。

まさかエセルバートはとっくに儀式の失敗に気づいていて、人目がつかないところに連れ込んだのもその失敗をニーナに説明させるためでは……。

――セドリック様は人をからかうことが好きでも、鬼畜ではなかったもの。

ニーナが困る顔を見るのも楽しんでいたが、嫌がることをされたことはない。それに面倒見もよかった。

服を脱がせるのはやはり、儀式の失敗を確かめるため……失敗すれば術者に返ってくることをあらかじめ予測していたのかもしれない。

――つまり私は最大級の謝罪を要求されているのだわ！

「申し訳ございません……！　やっぱり私が失敗したことを怒ってるんですよね？　意中の女性から振られてしまったのでしょうか？　私が今すぐこっそり花を飛ばしてくるので、誰をお相手に選んだのか教えてください……！」

涙目で懇願すると、エセルバートの色香がスン……と薄れた。

淫靡な空気が霧散する。

彼は深々と息を吐いて、こめかみあたりを指で揉み解す。

「ニーナ、失敗した証拠はどこにあるんだ？」

「え……っと」

「失敗したという確信があるんだろう」

「それは……」

そうなのだが、そんな風に問われるとは思っていなかった。

冷静に考えると何故ニーナが失敗を確信しているのか、説明を求めるのは当然なのだが。

──私の身体に痣が浮かんでるので、なにかの間違いが起きました。と、正直に話すべき？

だがそれを告げれば、エセルバートが返す言葉はひとつだけ。

「見せなさい」

──やっぱりそうなるのね！

否を言わせない圧を感じた。笑顔なのが余計怖い。

ニーナは思案する。ここで下手にごまかしたらどうなるかわからない。

「では、いいと言うまで目を閉じててくださいますか？」

「………わかった」

少々沈黙が長かったが、エセルバートが目を閉じたのを確認した。

彼に背を向けて、白いローブを脱いだ。

ワンピースの釦を外していくが、下腹部をどうやって彼に見せればいいのかがわからない。

――全部丸見えになるのは嫌だな……。

男性服を着ていたらよかった。シャツをめくるくらいなら恥ずかしさも半減するのに。

苦肉の策として、ワンピースを腰のあたりまで下げることにした。

袖の部分を腰下で結ぶ。上半身はワンピースの下に着ているシュミーズが丸見えになっているが、これは隠しようがない。

シュミーズをめくりあげて、お腹の上をチラ見せすれば可能な限り肌を隠したまま花の痣……撫子模様を見せられる。

「ニーナ、まだか」

「あの、薄目でお願いします。薄っすら見えるような見えないようなくらいの加減で」

「なにをごちゃごちゃ言っているんだ」

呆れ気味(あきぎみ)に溜息を吐いて、エセルバートが目を開けた。

「薄目でって言ったのに！」というニーナの抗議の声は無視された。

彼はニーナの恰好を捉えると、呆気(あっけ)にとられるように目を瞬く。

「……そんな色気のない露出の仕方ははじめて見た」

エセルバートが残念なものを見るようにニーナを眺めた。溜息を吐きたいのはニーナである。

「仕方がないじゃないですか。全部脱ぐわけにはいきませんし」

るのだ。

彼には寝起きやだらしない恰好を見られているが、ニーナにだって一応羞恥心は存在す

「嫌ですよ！　私にも乙女心があるんです」

「脱いだらいいだろう」

上半身はシュミーズ姿であられもないが、この際脚を露出していないだけマシだろう。

袖の結び目が解けないようふたたびギュッと縛った。

「で、俺になにをどうやって見せるんだ？」

エセルバートが脚を組み替えた。

ひじ掛けに腕を置いて、頭を支える姿も絵姿のように様になる。

──きっと恥ずかしがったら負けだわ。

ニーナは気合いを入れて、ワンピースの下からシュミーズの裾を引き抜いた。

「これです！」

臍の下に撫子の痣が半分見え隠れしている。

そんな豪快に見せるとは思わなかったのだろう。エセルバートが目を丸くした。色気などあったものではない。

「儀式が失敗して私に跳ね返ってきたようです。ですから、陛下がお選びになった相手を教えてください。こっそりやり直しますので！」

涙目で訴える。

──私、痴女では……！

麗しの国王を相手にこんなことをするのはニーナくらいのものだろう。お淑やかな令嬢は、異性の前で自分からドレスを脱ぐこともないはずだ。

「下腹部に撫子の痣があるようだが……よく見えないからもっと近くで見せなさい」

「え」

キラキラした笑顔で要求が増した。

ニーナの身体が硬直する。

「あの、あの……？」

「その服も皺になるぞ。脱いだ方がいいな」

「ちょっと、なにを……！　あ、待って、近づかないでください……！」

エセルバートはサッと近づき、早わざで紬の結び目を解いてしまう。

「ギャッ！」

床に落ちたワンピースを引き上げようと咄嗟にしゃがむが、それを掴む前にエセルバートがニーナの身体を持ちあげた。

そのまま数歩先の寝台に落とすと、ニーナに覆いかぶさるようにエセルバートも寝台に乗り上げた。

「あの、陛下……」

「今まで通りセドリックって呼んでくれないのか？」

「だってセドリック様は……」

「俺のミドルネームも同じだと言ったはずだが。君にとってのセドリックは俺のことじゃないのか？」

クイッと顎に指をかけられた。

顔を逸らそうとするも、固定されて動かせない。

「呼び名なんてどっちでもいいが。ならばエセルバートと呼んでみるか？」

「え……エセルバート様」

「うん」

国王の名前を呼ぶなんて緊張する。心臓のドキドキは慣れないことをしているからと、この体勢のせいだ。

「退いてくれませんか」

「却下」

なんとも意地悪な返しだ。

至近距離でエセルバートの顔を眺めるだけで、ニーナの不整脈がひどくなる。

「これは明らかに不適切な距離ですよ！　仮にも未婚の男女がこんな……誰かに目撃でも

されたらどうするんですか」

「なるほど、いい案だな。今すぐ人を呼ぶか」

「何故！」

とことんニーナを追い詰めるつもりらしい。

ニーナには彼がなにを考えているのかさっぱりわからない。

「さて、先ほど見せてくれたのはここだな」

エセルバートの手がペロッとシュミーズの裾をめくった。

「きゃっ！」

脚のみならず、下着までもが丸見えになっている。

そのあられもない姿をまじまじと見つめてくる神経が理解できない。じわじわとニーナの顔に熱が集まって来た。

「ほう……くっきり浮かび上がっているな」

エセルバートの指がニーナの下腹をなぞる。

肌に凹凸がないかを確かめるような指の動きに、ニーナの身体がぴくんと反応した。

「ちょっと、触り方がいやらしいですよ？　あまり触らないでください」

「そう言われるともっといやらしく触れてやろうと思えてくるな」

「ええ……」

下腹を手のひら全体で撫でられる。

少し力を込められると、なんだか言いようのない感覚がこみ上げてきた。

「も、もういいですよね？　離れてくださ……」

「こんな風に子宮に痣が刻まれるなんて、ニーナの方がいやらしくないか」

「え？」

なんだか意味深に聞こえた。

エセルバートは下腹に手を乗せたまま、ニーナに囁く。

「まるで、ここに俺の子を宿したいと懇願されているようだ」

「……っ？」

思いもよらないことを言われた。ニーナは硬直する。

その隙に、エセルバートは痣が浮かんだ場所へキスをした。

唇がそっと触れただけで、ニーナの胎内に熱がこもる。

「や、ぁ……！」

こんな感覚は知らない。

身体の芯が痺れそうで、子宮の存在を感じさせられるなんて。今まで一度も経験したことがない。

「エセルバート様、いい加減意地悪はやめてください……」

「ニーナだよ」

「え？」

上体を起こして、目を覗き込まれる。

エセルバートのエメラルド色の目がニーナを射貫くように見つめてきた。

その目の奥に吸い込まれそうな錯覚を覚えていると、エセルバートはようやく真相を語りだす。

「俺が運命の相手に望んだのは君だ、ニーナ」

「……え？」

ドクン、と胸の鼓動が大きく跳ねた。

一瞬なにを言われたのかわからず唖然とする。

――私？

何度も下準備を重ねてきたのに本番は失敗した。その理由がなんだったのかわからなかったけれど、そもそも失敗をしていない方が納得できる。

エセルバートが用意した髪の毛も、ニーナの部屋に入り浸っていたらいつだって採取が可能だ。

ニーナは儀式に使った相手の髪の毛を見ていないので、髪色すら把握していない。

――つまり……。

たっぷり時間をかけて、言葉の意味を理解した。

下腹に浮かぶこの痣は、儀式が失敗して術者に跳ね返ってきたものではなかったのだ。

「お、お腹を指定したんですか……?」

「最初に疑問に思うところがそこなのか」

エセルバートが苦笑する。

だが彼はニーナに覆いかぶさったまま、首を左右に振った。

「服に隠れる場所は指定してない。見える場所じゃないと意味がないからな。俺は首の下から心臓の少し上あたりを指定した」

ここ、とエセルバートがニーナの左胸のやや上部を指でさした。

同時に、ニーナはシュミーズの胸元から胸の谷間が覗いていることに気づく。

「でもここじゃなくてよかった。ニーナの可愛い胸が大勢の目に晒される可能性に気づくべきだった」

「晒され……それは嫌ですけど、下腹も嫌ですよ!」

指定した場所が多少ずれることは想定内だったが、何故よりによってこんな場所なのだ。

エセルバートが言うように、まるで自分が彼の子供を望んでいるようではないか。

——違うわ、私はそんなこと思ってないから!

麗しの国王との結婚を夢見たことは一度もない。

世継ぎを産みたいだなんて大それた願いだ。

だが今の問題はそこではない。

ニーナは混乱しつつも、エセルバートを観察する。

彼とは二年ほどの付き合いで、嘘や冗談を言われることも少なくはない。しかし、彼の目の奥には一切からかいの色が浮かんでいなかった。

——国全体を巻き込んだ儀式が私をからかうためなんて、いくらなんでもありえない……。

ということは……エセルバートの想い人は自分で間違いがなさそうだ。

「な、なんで私ですか……？」

「ニーナといると楽しいから。退屈しないし、見ていて飽きない」

「それは褒められている気がしませんが」

やはりおもちゃの扱いではないか。ニーナの目が胡乱げに細められる。

「一緒にいたいという理由だけでは気に入らないか？」

「え……」

「ありのままの自分でいられる相手を見つけるのは、容易なことではないだろう。誰だって傍にいて安らげる相手を選びたい。俺にとってニーナの傍は居心地がいい」

国王という立場であれば余計気を許せる人が少ないはずだ。素の自分を見せられる人は限られてくる。

ニーナと一緒にいると安らげて落ち着く。そう言われてうれしい反面、少々複雑な気持ちだ。

「つまり一番条件に近かったのが私だけだったわけですよね」

もっと視野を広くしたら、他にも理想の女性と巡り合えただろう。徐々に心を通わせて、居心地がいい空間を二人で作り上げていくこともできる。

――私を選んだのは恋愛感情ではないってことでしょう?

はじめましての女性と一から関係を構築したくなかったとも考えられた。気安く話せるような関係になるまでには、年単位の時間がかかる。

運命の相手に選ばれた理由がなんだか味気なく思えてきた。少しでもドキッとしてしまった自分が情けない。

「なにをふてくされているのかはわからないが、一番の理由はニーナが好きだから選んだんだ」

「……え?」

「君の部屋でゴロゴロする時間も好きだが、君の世話を焼くのも楽しくて飽きない。君がおいしいというものが俺の好物にもなるし、君に食事をさせるのも今では趣味の一環だ。俺が手ずから食べさせてニーナの腹を満たしたいし、苦しくてお腹がいっぱいと啼(な)くまで俺のもので満たしたい」

「……っ！」

最後の一文はちょっとうまく理解できなかったが、深く考えてはいけない気がする。

だが消去法で都合がいいから選ばれたのではなかったようだ。恋愛感情を伴っている上で選んでもらえた。

「好きだよ、ニーナ。この痣が消えないように、一生俺の存在を君に刻み込みたい」

エセルバートは撫子の花が浮かぶ下腹をいやらしくさする。

ぞわぞわした感覚がせり上がり、ニーナの頭を混乱させた。

――好き……好き？　陛下が私を……？

好きだと告白されてうれしいような、うれしくないような……うれしいけれど素直に受け入れたら大変なことになるんじゃないか。

ここで頷いたら早まったと思うかもしれない。

混乱と羞恥といろんな感情がぐるぐる蠢く。

ニーナは確かに、エセルバートがセドリックだと信じていたとき、彼と過ごす時間を好ましいと思っていた。

だけど身分を知った今、あのとき感じていた気持ちを言葉にすることはできない。

――ど、どうしよう……！　うれしいけれど、拒絶しないと……！

妖しく艶(つや)めいた微笑を直視し、ニーナの頭が沸騰寸前だ。エセルバートの指が今にも下へとずれていく。

彼の長い指が下着の縁に触れそうになった瞬間。ニーナは勢いよく上体を起こし、

「……ごめんなさい！」

一言告げてからエセルバートの額に頭突きを食らわせた。

「ッ！」

——いたい……勢いつけすぎた……！

ぐわんと脳が揺れた。額がジンジン痛んで涙が浮かんでくる。

エセルバートが悶絶(もんぜつ)している隙に、必死の思いで彼の下から這(は)いずり出た。そのまま転げ落ちるように寝台から下りて、床に落ちているローブを素早く拾う。

ワンピースを着直している余裕はないので、咄嗟にローブだけを身に着けた。痴女のようだが、緊急事態なので仕方ない。

「う……、ま、待て……ニーナ」

「無理です！　ごめんなさい！」

なんかいろいろと無理なのだ。

待てと言われて待つことも、国王の求婚を受け入れることも。

——好きだと言われて受け入れることも……！

今はとにかく頭の中を整理したい。

心の中で声にならない悲鳴を上げながら、ニーナは一目散に国王の私室から逃げ出したのだった。

【しばらく不在にします】

星の塔の入口に札をひっかけて、ニーナは塔に引きこもることにした。

食料の備蓄は約三日分しかないが、食べ物が枯渇する限界まで籠城していたい。

とはいえ同じ敷地内にエセルバートがいるため、向こうはその気になればいつでもニーナを引きずり出すことができる。

彼は合鍵だって持っているのだ。完全な籠城とはいかない。

――はあ……どうしよう。

時間が経つにつれてニーナにも冷静な思考力が戻ってきた。

頭突きをして逃げ出すなど、不敬罪どころではない。暴行罪に加えて、国家反逆罪などにもならないだろうか……占術師という立場を不安定にさせて、祖母に迷惑をかける可能性も大いにある。

「たんこぶ大丈夫かな……絶対痛かったよね」

きちんと冷やせただろうか。治療のときもまさか頭突きをされたとは言いにくい。

国王の美貌に傷がついたらそれこそ責任なんてとれやしない。

──うう、考えれば考えるほど、なんてことをしたのかしら。

今さら遅いのだが、後悔が押し寄せてくる。

ニーナの子リスのように小さな心臓がじくじくと痛みだした。今後は脊髄反射のように深く考えずに行動するのを改めなくては。

いくらパニックになったとしても、言葉で説得を試みるべきだった。……それでエセルバートを止められたかどうかはわからないが。

──どうしよう。謝りに行くべきかしら……。

数日星の塔に引きこもることなどよくあるが、自分がやらかした自覚がある今はたった二日が長く感じる。

外がどのような状況なのかはわからない。

情報がまったく入ってこないのも不安を煽る。

「でもすぐに会いに行くのもちょっと……第三者がいてほしい」

本物のセドリックが傍にいてくれたら心強いかもしれない。だがそういえば、あの有能そうな側近はニーナから視線を逸らさなかったか。

いざというとき、エセルバートの暴走を食い止めてくれるかはわからない。ニーナは内心唸りそうになった。

「でも他に知り合いなんてほとんどいないもの。本物のセドリック様以外に頼れる人なんていないわ……とはいえ連絡を取るのも気が引けるのだけど」

こういうとき、王城勤めの友人を作っておけばよかったと気づかされる。引きこもりがちで、人前に滅多に出ない性格が災いした。外の情報がまったく入ってこない。

ニーナが気兼ねなく話ができるのはエセルバートと、雑貨店の店主くらいだった。だがもうエセルバートとはどんな顔をして会ったらいいのかわからない。

「う、うう……っ」

頭が勝手に数日前の記憶を掘り起こしてくる。

何度も何度も、ニーナを羞恥の渦に落とすのだ。

——脚もお腹も、パンツも見られちゃったわ！

下着なんて見られることを想定していなかったから、適当なものを選んでしまった。そもそも気合いが入った下着など持っていないが。

ともかく、ニーナが酷い目に遭ったのは事実だ。

信頼していたセドリックが国王で、儀式は失敗しておらず勝手に運命の相手に選ばれていて、寝台に押し倒されてあられもない姿を見られ……好きだと告白された。

思い出すだけで、過呼吸で死にそうになる。

「む、無理よ……私には手に負えない……」

彼の気持ちを受け入れるわけにはいかない。自分が王妃など、想像すらしたことがなかったのだから。

国王の運命の相手がなかなか現れないと、国中がやきもきしていても知ったことではない。もはや逃げるが勝ちな気がしてきた。

「よし、やっぱり逃げよう」

しばらく旅に出よう。

ほとぼりが冷めるまで物理的な距離を置くべきだし、見聞を広めるのも見習い修行の一環だ。

ニーナは急いで荷物をまとめて、物置から旅行鞄(かばん)を発掘した。あまり大きな荷物を背負っていたら怪しまれるので、持ち運ぶのは最低限にする。

祖母にはこれまでの儀式の結果と、エセルバートからの求婚に応えられない旨を手紙に記すことにした。占術師である彼女に迷惑がかかったら、自分のことは見捨てていいとまで書いた。

万が一、不出来な弟子が巻き起こした騒動の責任を取らされたら申し訳ないが、未来が読める祖母のことである。きっとこの未来も想定の範囲内だろう。

「うん、絶対そうだと思う。おばあ様はしょっちゅう出かけるけれど、大きな決断の分かれ道には必ず助言をしに現れたもの」

国中が混乱に陥るような大騒動に発展するならまだしも、祖母が出張ってきていないのはそういうことだ。

なるようになる運命なのだと思うと気が楽になる。……少々自分勝手な発想かもしれないが。

「世の中分相応って言葉があるのよ。高みを望みすぎるのはよくないわ」

きっと人にはそれぞれちょうどいい大きさの幸せが用意されている。

過ぎたる望みは破滅を呼び、分不相応なものは争いの種になる。

大国の王妃など、まさしくニーナには過ぎたるものだ。

絶世の美男子と名高いエセルバートなら、絶世の美女と言われる高位貴族の令嬢と結ばれた方が誰しも納得する。

教養も深く、王妃教育が捗りそうな令嬢などニーナが思い浮かべるだけで数名の候補者がいた。

だが同時に、エセルバートが彼女たちのことを全員知った上で振ったのだということも思い出してしまった。

彼に選ばれたことは素直にうれしい。

もしニーナが知るセドリックに求婚されていたら、きっと今より迷いもなかっただろう。

「なんで私なのかな……自分で言うのもなんだけど、趣味がいいとは言えないわ」

出不精で好きなことしかしておらず、社交界にデビューはしていてもそれっきり表舞台に立っていない。

しかも占術師見習いを選んだ時点で、今はただのニーナだ。

家名を知る者はほとんどおらず、ニーナが辺境伯爵令嬢だと気づいている人もいないはずだ。国王と一部の人間を除いて。

そんなにわか令嬢よりも、きちんと覚悟を持って己を切磋琢磨してきた令嬢の方がはるかに王妃という立場に相応しい。

だがエセルバートが相手に望むのは、美でも教養でも後ろ盾でもない。

そんなものはすべて彼自身が持ち合わせているのだから、不要と言われれば納得もできるが。

――人は自分にはないものに惹かれるっていうけれど、本当に陛下が退屈しないからという理由で選ばれた気がする。

着替えを引っ張りだしながら、ニーナは溜息を吐いた。

単純に、好きだからという理由で相手の手を取ることができたらどれだけ楽か。おとぎ話のようにめでたしめでたしで締めくくれるほど現実は簡単ではない。

——私だって、セドリック様だったら一緒にいて楽しいなって思っていたもの。

自分がここまで身分や地位に囚(とら)われているとは思わなかった。

中立の立場である占術師なのに、権力に巻き込まれそうになっているから余計取り乱しているのだろうか。

自室を出て螺旋階段を下りる。

食料貯蔵庫に行くと、思った通り明日一日の食糧があるかどうかだった。

となると、決行は今夜しかない。

——夜に紛れて逃げ出すなんて、まるで夜逃げだわ。

やましいところがなければ堂々と出ればいいのだが、万が一を考えると迂闊(うかつ)な行動はできない。

「まさか監視されていたりしないわよね……？」

星の塔の周辺に見張りがいるだろうか。

窓からそっと外を覗いて見るが、素人目にはよくわからなかった。

様々な可能性を考えて、ニーナは鞄に詰め込んでいた服をふたたび取り出した。

ようは自分だと気づかれなければいいのだ。

「地下の隠し通路から外に出よう」

歴代の占術師がこっそり使っていた隠し通路は、城の外に繋がっている。ニーナも場所だけは把握しているが、使ったことは一度もない。

日が暮れる直前に塔で飼っている梟に手紙をくくりつけて、祖母の元へ飛ばした。この梟はどこにいても飼い主の元に戻ってくるので、祖母との連絡手段は確保できる。

かつらをかぶり、さらしで胸を潰してズボンを穿いた。

「うん、どこから見ても普通の少年よね」

小柄な体格から十四歳ぐらいに見えるだろうか。声は意識的に低くだそう。

日中に女性がひとりで出歩くのは問題ないが、日が暮れた後は危険だ。他の街と比べれば王都の治安はいい方だが、事件が皆無というわけではない。

護身用の道具も一通り揃えて、ニーナは隠し通路へ向かった。

「ニーナ様が星の塔から逃げたそうですよ。ご愁傷さまです、陛下」

セドリックの痛烈な一言に、エセルバートは眉根を寄せた。

「まだ俺から逃げたと確定したわけではないだろう」

「一度頭突きをされて逃げられているのに、その自信はどこから来るのです？」

セドリックの視線がエセルバートの額に注がれた。

彼の額には薄っすらと腫れが残っているが、痛みはほとんどない。

あれから額はたんこぶになり、城中が騒然となった。

当然理由を訊かれたが、「うっかり壁にぶつかった」で押し通し、この二日ほど愉快な顔を披露することになった。

「しかし陛下に頭突きができる女性なんて、本当に肝が据わっていますよね。普通の貴族令嬢では無理ですよ」

「笑うな、俺も油断しただけだ」

「油断を誘えるという時点で、彼女に気を許している証拠ですね。これぞ惚れた弱みでしょうか」

惚れた弱みはありそうだ。

ニーナが可愛く上目遣いでおねだりでもしてきたら、きっと幼児なみの知能でなんでも受け入れてしまいそうだ。

——頭突きの痛みが現実に引き戻したとも言える。

でないとエセルバートはそのままニーナの純潔を奪っていただろう。

額の盛り上がりを指で確認しつつ、エセルバートはセドリックに問いかける。

「それで護衛はどうなっている」

「もちろん抜かりなく。正面玄関から抜け出すことはないと思っていましたので、陛下のご命令通り隠し通路の出口を見張っていたら現れたとか。一見ニーナ様だと気づかれない恰好で変装しているそうですから、連れ戻されないように対策を練っているようですね」

「そうか」

隠し通路の在処（ありか）は、エセルバートが星の塔に自由に出入りをするようになってしばらくしてから自力で見つけた。

地下の貯蔵庫から隙間風を感じ、少し歩き回ると隠し扉があったのだ。それから時間をかけて扉の先を突き止めた。

当然無断で行ったため、ニーナにも黙っていたが。こうして役に立つ日が来るとは思わなかった。

「まったく、逃げたら追いたくなる男の性をわかっていない。つまり俺に追いかけてほしいと思っているってことでいいな?」

「いえ、逃げたいから逃げているんですよ」

セドリックの冷静な意見を聞き流し、エセルバートは思案する。

このままどこに向かうかはわからないが、護衛がまかれない限りニーナを見失うことはない。

これまでもニーナは気づいていないが、祭りの前から星の塔の周辺には警備をつけていた。何ならもうずっと前から行きつけの雑貨店に行くときも、ひっそりと護衛をつけていた。

　当然エセルバートが同行しているわけではないが、その後の報告を受けているため彼女がなにをしていたかは筒抜けだ。

　今まで勘づかれたことはなかったが、今回は本人が警戒している分慎重に進めなくてはいけない。

「では俺も着替えるとするか」

「……まさか迎えに行くなんてことはしませんよね？　許しませんけど」

「俺の花嫁が迎えにきてほしいと言っているなら、当然行く以外の選択肢がどこにある？」

「言ってませんし本人は逃げてますから。第一まだ花嫁ではないですよ」

　セドリックが冷静に指摘するも、エセルバートの中では決定事項。ニーナ以外を娶（めと）るつもりはまったくない。

「目新しいものに惹かれてうろうろしていたら、誘拐されてしまうかもしれないだろう。珍しい菓子にでもつられてうっかり攫われたらどうする」

「ニーナ様をいくつだと思っているんですか……彼女も子供ではないのですから、安全管理はしっかりしているでしょう。そのような誘拐などにはならないかと」

　計画的に狙っていたならまだしも、衝動的に誘拐したくなるほどニーナは人目を惹く容姿ではない。

だが想い人を捕獲しそこねた男の目には違うように映っている。

「たとえ変装していても可愛いに決まっている。飢えた猛獣の中に珍獣を放したらあっという間に喰われるぞ」

「今珍獣と言いましたね？」

「言ったか？」

本当はニーナのことを珍獣とでも思っているのだろうな、とセドリックの目が語っていた。エセルバートは小動物のようだと揶揄していたが、どちらにせよ小さくて愛嬌があって、見ていて飽きない。

「もしも本当にニーナが誘拐でもされたら、俺はうっかり自国民を傷つけてしまうかもしれない」

帯剣こそしていないが、エセルバートも護身用に何かしら暗器を隠し持っている。彼女が自分以外の男に触れられると思うと、身体の芯がスッと凍りそうだ。

「殺さないでください。ニーナ様は人間の女性ですし、返り血を浴びた男には恐怖しか感じませんよ」

「怖がらせることはしない」

そう宣言しながら、エセルバートはつけ慣れたかつらをかぶった。

きっとこのかつらをかぶるのも最後になるだろう。今までニーナに会いに行くためにかつらをつけていたのだから。

「というわけで、行ってくる。お前はここに残っていてくれ」

「一度言いだしたら聞かないんですから、もう……。でも今追いかけたら嫌われるかもしれませんよ？　もう少し考える時間を与えた方がいいのではないですか？」

「あれから二日も待った。十分だろう。その間に答えが見つからないんじゃ堂々巡りだ。俺の本気をわからせてやる」

ひとりで考えていても出口がわからないのであれば、こちらから手助けするしかない。ニーナの不安をひとつずつ消し去り、傍にいると頷かせられるなら多少詐欺まがいの誘導もするつもりだ。

「ニーナ様が不憫……」

――そうかもしれないな。

だが自分でも譲れないものがあったのだ。

逃げたら追う。

捕まえて話し合う。

この機会を逃したら、もう二度と彼女と会えなくなるかもしれない。

「もうわかりました。今日中に戻ってきてくださいよ！　国王が不在だと他の人にバレたら私の首が飛ぶと思ってくださいね」

「飛んだら繋げてやる。安心しろ」

エセルバートは不敵に笑い、セドリックに留守を任せる。

「繋げる前に絶命しますよね、それ……」

セドリックは主が残した急ぎの書類からそっと視線を外した。

第六章

——へえ、昼間とは雰囲気が変わるのね！

夜の王都を歩くのははじめてだった。

ニーナが王都で立ち寄る場所は決まっており、雑貨店と菓子店と本屋くらいにしか馴染みがない。

いつも日が暮れるまでに自分の巣へ戻っていたため、夜の王都がどのような変貌を遂げるのかなど見たことがなかった。

思っていた以上に街は明るくて出歩きやすい。街灯がきちんと周囲を照らしており、多くの店も開いている。

——すごい賑わってるわ。歌や音楽もあちこちで聞こえてくるし、なんだか楽しい！

隠し通路を使い王都の外れに出てから数刻後、ニーナははじめて夜道を散策していた。

あちこちからいい匂いが漂ってくる。

仕事帰りに食事をして帰宅する人も多いのだろう。

　本来ならこのまま王都を出て、違う街に行ってしまいたいところだが、さすがに慣れない場所をひとりで夜通し歩くのは危険だ。盗賊に遭う可能性もある。

　ニーナはひとまず王都で宿を取り、明朝は日の出と共に出立しようと思っていた。

――でも宿を探す前に……お腹が減ったわね。

　香ばしく焼ける肉の匂いに食欲を刺激された。先に腹を満たしたい。

　きょろきょろと良さそうな店を探す。そういえば情報収集には酒場を利用するのがいいと、ニーナの愛読書に書かれていた。

――確か酒場にはいろんな人が集まるから、噂話（うわさばなし）で盛り上がるんだったかしら。王都の最新状況もわかりそうね。

　儀式の失敗が流れていなければいい。国王への不満や批判が溢れていたら、それは少なからずニーナへの非難ということにもなる。

　迷惑は最小限に留めたい。自分が原因となったものを無視できるほど、ニーナは図太くなれそうになかった。

　一番盛り上がりを見せている酒場にそっと近づく。

『金糸雀亭（カナリア）』と書かれている看板を確認して、扉を開いた。

「いらっしゃい！」

　店員の元気のいい声で迎えられる。

中はカウンター席が五つと、テーブル席が四つあり、常連客と思しき人たちで賑わっていた。

カウンター席には誰も座っておらず、ニーナは勧められるまま、ちょこんと座った。

オススメのシチューとパンとサラダをもらい、黙々と食べ進める。

――すごい見られてる……。

あちこちから視線を感じる。女性客もいないわけではないが、ひとりで食事だけをする人は目立つのだろうか。

今の自分は少年に見られているはずだ。不自然ではないと思うが、もしかしたら未成年の少年がひとりで酒場に来ないのかもしれない。

居たたまれなさから、ニーナは酒を一杯もらうことにした。

「一応確認するが、いくつだ？」

「十五です」

この国では未成年でも十五歳から飲酒が可能である。ニーナの実年齢は十八だが、やはり今の外見年齢は少し下に見えたようだ。

麦酒を一気に半分ほど飲み干すと、隣に誰かが座った気配がした。

「よお、いい飲みっぷりじゃねーの。喉が渇いてたんか？」

髭を生やした大柄な男だ。茶色の短髪で、にかっと笑った顔は嫌味がなく仄暗さを感じさせない。

労働者というには小ぎれいに見える。この辺で店を営んでいるのかもしれない。

「うん、そうみたい。ここは料理も酒もおいしいね」

ニーナは普段より少し低めの声を意識した。

身体の線を拾わないダボッとした恰好と帽子をかぶっているため、女性だと見抜かれることはないだろう。

「だろう？　ここはなんでもうまいんだ。チーズ入りのオムレツなんてとろっとろで看板料理だぞ。マスター、オムレツ二個くれ！」

「はいよー」

「あと酒も追加だ」

空になったグラスに気づいたのだろう。ニーナの前にはジョッキに入った黄金色の麦酒が新たに置かれた。

「あ、ありがとう」

「おう！　ナッツもあるぞ。遠慮なく食えよ」

元々座っていたテーブルから数種類のナッツが入った皿を持ってきた。四人掛けのテーブルには他に三名の男性客が座っているが仕事仲間だろうか。隣の大男より若そうだ。

「お仲間を置いて僕に構っててていいの？　せっかくみんなで食事に来たんでしょう？」

遠慮するなと言われたので、ニーナは一粒ナッツを食べた。香ばしい味がする。

「ああ、気にすんな。あいつらとはいつも飲んでっからよ。それより、ひとりでメシなんて味気ないだろ。なんでひとりで食ってんだ？」

「えっと……特に知り合いがいないから」

細かい設定を怠っていた。他人からはどう見えているのか、それなりの理由を考えておくべきだった。

「ほら、建国祭があったでしょ。それを見に来てたんだよ」

「ひとりで？」

「うん、王都にいる親戚に会いに。今日は都合が悪くて、ひとりご飯になったけど」

——王都にいる親戚は私にしておこう……。

初対面の相手に込み入った質問はしてこないだろう。王都に住む人はそれなりにマナーを重んじる。不躾な質問は滅多にしないのだ。

ニーナは当たり障りのない質問を振ることにした。

「あなたはこの辺の人？　すごくガタイがいいけど、どんな仕事をしてるの？」

「俺はな〜……んじゃ、なにしてるように見える？」

「ええっと……自営業かな？　夕方には店を閉められて飲み歩けるとなると、飲食店ではないよね。鍛冶師とか似合いそう……それとも意外性をとって花屋とか」

花屋は肉体労働だと聞いたことがあった。水を交換するだけでも大変なのだ。

「花屋か！　そりゃいいな！」

会話が聞こえたのだろう。彼の仲間たちも笑っている。よく見ると小ぎれいな男性たちだ。鍛冶職人などではなさそうだ。

——残念ながら私の観察眼は素人同然なのよね……おばあ様だったら初対面の相手の職業も言い当てられると思うけど。

ニーナも本当に花屋だとは思っていない。陽気なふりをしつつも隙のなさを感じるため、自警団あたりではないかと思っている。

騎士のような花形ではないが、より地域と密着できる自警団も子供たちに人気の職業だ。

「はいよ、オムレツふたつ」

男性から答えを聞く前に注文していたオムレツが届いた。店主が目の前でチーズをたっぷり削ってくれる。

削られたばかりのチーズがふわふわとオムレツの上で踊る。

スプーンを入れると卵のプルプル感が伝わってきた。ちょうどいい火加減のオムレツとチーズが舌の上で絶妙に溶け合う。

「なにこれ、すっごいおいしい！」

「だろう！　ほら、遠慮なく食えよ！　これも俺のおごりだ」

「いいの？　うれしい、ありがとう」

――なんていい人なのかしら！　好物のオムレツを奢ってくれるなんて。おいしい料理と酒をごちそうしてくれて、話し相手になってくれる。引きこもってばかりいたらこんな出会いもやってこない。

セレイナも王都にいるときは外へ飲み歩きに行くが、こういう出会いを楽しんでいるのだろうか。もしかしたら自分の耳で噂話を拾いに行っているのかもしれない。

――私は消極的すぎたのかもしれないわ……。これからはもう少し外とも交流を持ってもいいかも。

本ばかりを読んで、占いの理論を勉強するだけでは占術師にはなれない。毎晩夜空を見上げて星を読んでいてもいまいち自信がつかなかった理由がわかった気がした。なにかが起こる予兆は町の中にも落ちているのだ。

気持ちよく食べて飲んで、あっという間に二杯目のジョッキも空になった。

隣の男が話し上手なため、スルスルと酒が喉を通っていく。

「……でな、まだ王様の運命とやらが見つかってないからあっちこっちの貴族がてんやわんやなんだと」

少し離れたテーブル席から、ニーナが気になっていた話題が耳に届いた。

依然としてなんの花かは公表されず、名乗りを上げた女性たちはただ城でお茶会に参加したただけで帰されたとか。

結局二日に及ぶお茶会はなんの実りもなく、張り切って陛下に直談判した令嬢もいたらしい。

王都で流れる噂話を聞きながら、ニーナは複雑な気持ちになった。

本気で王妃になれると夢を見ていた令嬢たちの心情を想うと、本物が名乗り出ない状況はなんともスッキリしないだろう。

――でも、本物が私というのは……無理だわ。名乗れる勇気がない……。

占術師見習いのニーナのままでは難しい。もしも表に出るとしたら、マルヴィナ辺境伯令嬢として名乗り出なくては。

「っていうか、その儀式自体がインチキだったんじゃねーかって言われだしてんだろ？」

「俺は王家お抱えの占術師ってやつを攫って、自分とこの娘を選ばせようとする貴族がいるって聞いたぜ」

「誰も名乗り出ない今のうちにってことか。お貴族様ってのはえげつねーなぁ。誘拐なんて企むとは」

――え、私誘拐されるかもしれないの？

儀式が終わるまで用心するに越したことはないと思っていたが、まさか終わった後も気を付けないといけないとは……。

まだ占術師を狙う過激派がいるなんて思わなかった。ニーナは思わず持っていたスプーンを落としてしまう。

「あ、ごめんなさい」

「ちょっと酔ったか？　大丈夫か？」

隣の男が気遣う声をかけた。

ニーナは動揺を悟られないように問題ないと返し、店員に新たなスプーンをもらう。

そのうち彼らの会話は思わぬ方向へ進んだ。

「んでよ、知ってっか？　今恋愛成就のお守りってやつが高値で取引されてるらしいぜ」

「ああ、確か五番通りの雑貨店で売ってるとか聞いたな」

「ずっと入荷待ちで売り切れ状態ってやつだろ？　店主は製作者が誰なのか口を割らねえとか。藁にも縋る想いで貴族たちが高値で取引しようとしてんだったか」

「表じゃ品切れで買えねえから、持ち主から奪ったやつが高額で売りに出してるらしいぞ」

そのお守りのひとつが闇取引にまで使用されているらしいと聞き、ニーナの頬が引きつりそうになった。

まさかお守りひとつで強盗と転売、闇取引にまで発展しているとは……さすがに予想外すぎる。

「おい、大丈夫か？　水も飲めよ」

冷たい水が差し出される。

隣に座る男性は随分と面倒見がいい。きっと年下からも慕われる兄貴肌なのだろう。

「ありがとうございます」

水を飲むと頭が少しスッキリした。

今すぐにでも雑貨店に行ってキャシーが無事か確認したい。

今のところ安全だとしても、もしも過激な輩に目を付けられたらとんでもない事件に巻き込まれてしまう。責任感が強いキャシーは脅されても口を割らない可能性が高い。

――どうしよう……まさかこんなことになるなんて。このまま陛下の運命の相手が現れなければ、さらに状況が悪化するんじゃないかしら！

まだ誰も選ばれていないと思っているから、恋愛成就のお守りが狙われてしまう。

闇取引にまで発展することに頭がついていけないが、なんとしてでもお守りがほしいのだろう。

きっと効果がなくても構わない。あわよくばという気持ちが強いのだから。

――とても厄介だわ。品薄というのが余計購買意欲を駆り立てるのかもしれない……。

建国祭が終わってから早五日。これ以上悠長に時間を費やすべきではない。

――でも、でも！　それって私はどうしたらいいの？

王妃になる覚悟なんてない。

ただ好きな人と一緒にいられたらいいなんて、楽観的に思えるほどニーナは子供ではなかった。

時間が刻々と迫っている。できるだけ早く覚悟を決めなくてはいけない。

だがその前に、争いの火種となるお守りを回収しなくては。

ニーナは男たちのテーブルに近づいて声をかけた。

「ねえ、お兄さん。そのお守りの話、僕にも詳しく聞かせてほしいな」

「あ？　なんだ小僧」

「ガキは余計なことに首突っ込むんじゃねーよ。あっちでメシでも食ってろ」

手で追い払われるが、ニーナも聞かなかったふりをするわけにはいかない。ここで逃げたら旅に出た後も気になってしまう。

——私にだって製作者の責任があるもの。

人気が出過ぎた場合はどうなるかなんて想像したこともなかった。転売も許せないが、強盗はもっと許せない。

闇取引に使われるほど利用価値が高いものは、燃やしてしまった方がいい。

——あんな子供だましのお守りがなんでこんなに人気になったのかな……。

ほんの少し気持ちを軽くして、勇気を与える目的で作っただけだったのに。

ニーナは友好的に見えるように笑顔で問いかける。

「じゃあいくらなら話してくれる？」

「あ？　ガキが一人前に俺たちから情報を買おうってのか」

「やめとけやめとけ」

ごろつきではなさそうだがかなり酔っている。まともな話し合いで通じる相手ではなさそうだ。

――となると、ここは酒場らしく……あれしかないわね。

「わかった。それなら飲み比べで勝負しようよ。僕が勝ったら、今噂になっているお守りの情報をちょうだい」

そう言った途端、周囲がはやし立てた。

「いいじゃねーの！　少年が勝ったら酒代の一部出してやるよ」

「んじゃー俺も！」

酔っ払いが「存分に飲みやがれ！」と場を盛り上げた。

男たちも酒場がしらけることはしたくないらしく、渋々ニーナの飲み比べに乗ってくる。

「仕方ねえなぁ……」

「ガキなんてすぐにねんねさせてやるよ！」

そう意気込んだのは三人の男たちのリーダー格の男だ。赤ら顔で随分酒が進んでいるように見えた。

「んで、俺たちが勝ったらお前はなにをくれんだ？」

ニーナはしばし考える。

自分が持つ情報で彼たちの興味を引けるものは、やはりひとつだけ。

「そのお守りの製作者の情報とか」

「ああ？　なんでお前がそんな情報を持ってんだよ」

「それは秘密。もちろん信じなくても構わないよ」

そう言いながらニーナは手持ちの荷物を思い出していた。確か安眠効果のあるポプリが入っていたはずだ。

——ちょっと時間かかるけど、嗅いでいると気持ちよくなって眠れる代物……それを同じお守りの製作者が作ったものと言ってあげてもいいかもしれない。

テーブルに置いておくだけで彼らは勝手に寝てくれるはずだ。時間をかけて飲み続ければ、勝つのはニーナだ。

ニーナはポプリの耐性がついているので、残念ながら効果は薄い。

カウンター席に置きっぱなしの荷物を取りに行くと、隣に座っていた男が心配そうな顔でニーナの手首を摑んだ。

「おいおい、なに自分から騒動を起こしてんだよ。危ない真似(まね)はよせって」

「大丈夫、負けるつもりはないから」

「そうじゃなくてだな……ったく、どうなっても知らねーぞ」

麦酒を飲んでいるがまだまだ飲める。ニーナの祖母は酒豪だし、ニーナも酔ったことはない。

――おばあ様なんていくら飲んでも酔いつぶれたことがないって言ってたもの。家系的にお酒がとっても強いはず！

面倒見のいい男に礼を言い、ニーナは度数の強い蒸留酒の杯を交互に空けた。

「いいぞー！」

「すげえ飲みっぷりだな！」

テーブルの端にはポプリがちょこんと載っている。その効果が出るのは早くても五、六杯を飲み終えた頃だろう。

リーダー格の男と向き合って飲み続け、七杯目が終わった頃。男はついにテーブルに突っ伏した。

「落ちたー！」

「小僧の勝ちだ！」

――か、勝った……！

お腹がちゃぷちゃぷ鳴りそうだ。

お手洗いに行きたかったので、勝敗が決まってよかった。

ニーナはさりげなくポプリをポケットにしまう。男の仲間は、信じられないとでも言いたげに男を揺さぶっていた。

「げえ、寝てるぞ？」

「嘘だろ、いつもはもっと飲んでんだろ！」

気づけば男はいびきをかいている。

酒の飲み過ぎで中毒症状を起こしていないようで安堵(あんど)した。

ワイワイと賑わう中で、ニーナは残った男たちに尋ねる。

「それで、そのお守りはどこで手に入るの？」

顔色を変えずにけろっとしているニーナを、二人の男は困惑気味に見つめてきた。

「わ、わかった。わかったよ。約束だかんな」

「十番通りの奥まった場所に「闘牛」って肉専門の店があんだけどよ、その店の地下で闇賭博をしてるっつー噂があんだよ」

「あくまでも噂だぞ？　俺たちが確かめたわけじゃねーからな」

「そこじゃあなかなか手に入りにくいものが売られてるって話だ。人気の品を膨大な金を出して買うか、賭けに勝って景品としてもらうか。そのお守りってのも十中八九景品になってるだろうってな」

「だがな、表沙汰にできねー商売なんて関わるもんじゃねーぞ。ガキが興味本位であぶねー場所には近づくなよ」

なかなか親身になってくれる男たちだ。

ニーナに情報提供したくないと言ったのも、見知らぬ少年を危険なことに巻き込むなどできないと思ったからだろう。

――いい人たちだわ……心配してくれるんだもの。

もしもニーナが事件に巻き込まれた場合、責任を感じるのは彼らだろう。そうはならないように浅はかな行動は慎むべきだ。

「ありがとう、心配してくれて。危険なことはしないから安心して。これ、お礼にどうぞ。おじさんが起きたら飲ませてあげて。二日酔いの薬で副作用もないから」

「お、おお……いただいてくぜ」

一通りの常備薬を持ってきてよかった。二日酔いの薬がこんな風に役立つとは思わなかったが……なにせまだ旅に出てすらいない。

「ほら、水だ」

ニーナの前に水が差し出された。

「ありがとう」

先ほどの面倒見のいい男だろう。

遠慮なくグラスを受け取り、水を飲み干したところで異変に気づく。

「……ん？」

なにやら手首がずしりと重い。

「んん？」

いつの間にかニーナの左手首に手錠がかけられていた。

肌を痛めつけないように柔らかい革で加工されているようだが、手錠は手錠だ。

「なにこれ？」

右手で手錠を引っ張るが、鎖がジャラジャラと音を立てるだけ。

今までそんなものとは無縁に生きてきたため、一体どういうことなのか理解が追い付かない。

「なんでこんな……まさか飲み比べって犯罪だった？」

この場合の罪は酒で情報を強要したニーナにあるのか。酒場のルールを知らないためわからない。

いや、それよりも……と、ニーナは細い鎖の先を目で追いかける。

そういえば先ほど水を置いたのは、果たして本当にニーナに親切にしてくれた男だったのか。

――……ッ！

ニーナの心臓がドクンと跳ねた。

「な……なんで……っ」

後ろにいたのは顔見知りになった男ではない。

見慣れたこげ茶のかつらをかぶったセドリック……もとい、エセルバートだった。

「随分と愉快な夜を過ごしているじゃないか」

笑顔を向けられるが、その目の奥は笑っていない。

ジャラリ、と鎖の音が鈍く響く。

よく見るとニーナの左手はエセルバートの右手と繋がっていた。

「護衛ご苦労」

「まさか貴方様が自ら足を運ばれるとは、こちらも予想外ですよ」

やれやれ、と嘆息するのは面倒見のいい男だ。

やけに親し気にエセルバートと会話をしている。

「し、知り合いですか……？」

なんとか手首が抜けないかとガチャガチャ動かしつつ問いかけると、「騎士団の団長の顔も覚えていないのか」とエセルバートから呆れ気味に告げられた。

――自警団の人だと思っていたらまさかの騎士団の団長……！

ニーナの記憶にあるのは、精悍な顔立ちをした三十代前半の男だ。髪を後ろに撫でつけて、凜々しい顔がいかにも騎士という風貌だった。

今は無精ひげを生やした無骨な男にしか見えず、唖然としてしまう。人は制服を着ていないだけで、こうも印象が変わるらしい。

「今日は休みで飲み歩いていたら、急に部下に捕まってな。飲み屋の常連のふりをしてほしいって言われたわけだが……まあ、そういうことだ」

バツが悪そうな顔をされるが、ニーナの方こそとても気まずい。

すべて素性を知られている相手に少年の演技をしていたなど、猛烈に気恥ずかしい。

「お休みの日に駆り出されるなんて……私のせいでごめんなさい。いろいろとごちそうしてくださってありがとうございました。おいしかったです」

ニーナが頭を下げると、何故かエセルバートがムッとした。

「許可なくうちの子リスに餌付けをするな」

「餌付けなんて大げさですよ。オススメを食べさせただけですって」

そんな会話をする二人を置いて店内を見回すと、飲み比べをした男たちはいつの間にかいなくなっていた。

まだ残っている数名の客は、団長が元々座っていたテーブルの客のみ……三名の男と目が合い、会釈される。

ニーナは微妙な気持ちになった。まさかという疑惑がこみ上げる。

「もしかして、あの方たちも騎士ですか?」

「ああ、護衛でつけさせていた」

「どこから?」

「君が隠し通路の出口でのこのこやって来たときから」

「一番最初から!」

星の塔にある隠し通路までエセルバートに筒抜けだった。

いざというときの通路のはずなのに、何故把握されているのだろう。王族には秘密が共有されていたのだろうか。

――じゃあ私が変装しているのも本当に無意味だったってこと……?

いろいろ情けない。膝から力が抜けそうだ。

「わっ」

エセルバートに帽子とかつらを脱がされた。

「か、返してください〜」

「君がすべての尋問に答えるというなら返してやる」

「じゃあいらないです」

「……」

片手で頬をむにっと摘ままれた。横暴だ。

「あ〜陛……いや、セドリック様。じゃれついているところ失礼しますが、そろそろお暇した方がよろしいかと」

騎士団長の声につられてハッとする。

ニーナはまだ捕まるわけにはいかなかった。

「そうですね。これ以上はお店にも迷惑ですし、私も行くところがあるので失礼します。さあ、手錠の鍵を出してください」

エセルバートに鍵を要求する。

「それを真正面から言える度胸は買うが、それでは捕獲した意味がないだろう」

絶対逃がさないという意思が伝わってきた。

だが、ニーナには切実な訴えがあった。

「それは困ります！　今すぐ手を解放してもらわないと……！」

「ダメだ」

「……も、漏れちゃうんです〜！」

あれだけ水分を摂っていたのだ。膀胱も我慢の限界だった。

——女性にそんなことを人前で言わせるなんて、信じられない……！

一般的な貴族令嬢なら泣きだすところだろう。

「わかった、連れてってやる。厠はどこだ」

「ちょっ、やめてください！　一緒に来るなんて、なに考えてるんですか？」

「ここで漏らしたら店にも迷惑になるだろう」

「だから手錠を外してくださいってお願いを……」

「鍵は手元にない」

ニーナは涙目になった。

ここで涙を流して少しでも水分を減らせたら尿意も消えるだろうかと考えるが、当然そんなはずもなく。刻一刻と限界が迫ってくる。

エセルバートはニーナの手首を掴み、店の奥へ進もうとした。

鎖が無情な音を立てる。

「遠慮するな、俺の前ですればいいだろう」

「い、いやあー！　放してください変態ー！」

周囲に助けを求めるも、この場で応えられる者はおらず。

ニーナは我慢の限界まで手錠の輪から手首を抜こうともがいていた。

「お前たち、覚えておけ。あれが未来の王妃だ」

「……あれだけ臆することなく意見を言えるなんて、すごいっすね……」

「陛下が美しくて慎み深い貴族の令嬢に興味を示さない理由が少しわかった気がします」

「なんだか水を得た魚のようでしたね」

……二人が店の奥へ消えると、こんな会話がされていたとかいないとか。

ちなみに店主には、後日今夜の客の飲食代と迷惑料を上乗せした金額をたんまりと支払ったのだった。

ニーナは売られる子牛のような気持ちで馬車に乗せられていた。

せっかく聞き出した闇賭博での噂も直接確認できず無駄になってしまった。

正確には無駄ではなく、金糸雀亭を出た後に騎士団側で調査をすると言われたのだが、ニーナ自身がこっそり行って確かめたかったのだ。なにせお守りの製作者はニーナなのだから。

可能であれば争いを招くものなど全部回収して処分したい。

「……」

もう力尽きて放心状態だ。

馬車の中でエセルバートに抱っこをされていても、抵抗する気力もない。

「大人しいな。ようやく無駄な抵抗はやめる気になったか」

「……危うく人としての尊厳を失うところでした」

ニーナが必死に手首を動かしたことで革の手錠が緩んだ。そのわずかな隙間から手首を引き抜くことができたのだ。

「なにを大げさな。これからもっとすごいことをするのに」

「っ！」

抱きしめられている腕から逃げようともがく。

だが腰に回った腕は、手錠のようには抜けそうにない。

「大人しくしてなさい。急に動いたら危ないだろう」

「そもそも、なんで私を迎えに来たのですか？　二日も放置していたのは、もう私に飽きたからじゃないんですか」

「二日も考える時間を与えてあげたんだ。だがそれ以上はいくら考えてもニーナの答えは見つからないと思った」

「……っ」

その通りだ。

いくら考えても堂々巡りになってしまう。

――そういえば額は大丈夫だったのかしら。

そっとエセルバートの顔を見上げる。前髪で隠れているが、ほんのりとまだ腫れているようだ。

寝台に押し倒されて混乱したとはいえ、いきなり頭突きは酷かったかもしれない。時間が経つにつれて、ニーナの罪悪感は増していった。

きっと明日にでも腫れは引くだろう。だが痛みはもう少し残るかもしれない。

ニーナはなにかに惹かれるように膝立ちし、エセルバートの額にキスをした。

「……ニーナ？」

「っ！　ごめんなさい、つい……ひゃあ！」

エセルバートの膝を跨ぐように向かい合わせで座らせられる。心なしか、彼の目には劣情が浮かんでいるように見えた。

「これは合意の上だと捉えるぞ」

後頭部に手が差し込まれた。

反対の腕はニーナの腰にガッシリと回り、逃げられそうにない。

「あの、その……今の私はお酒臭いと思いますし」

「構わない」

――私が構うんです……！

抗議の声は口の中に吸い込まれていく。

唇同士が合わさるだけのキスではなく、最初から深い繋がりを求めたキスだった。

ニーナの口内にエセルバートの舌が蠢き、消極的な舌を引きずり出そうとする。

「あ、やぁ……ンン……ッ」

唾液が溢れて飲み込めない。

唇の端から零れるのを気にする暇もなく、彼の舌使いにされるがままだ。

「ニーナ」

脳髄を蕩けさせるような声で名前を呼ばれると、わけもわからずお腹の奥が甘く痺れた。撫子の花が浮かぶ下腹が、キュウッと収縮する。

――下着が濡れちゃう……。

気持ちよくて、自分でも理解ができない状態になってしまう。

だけど、キスをされても嫌ではないというのは、つまりそういうことなのではないか。

頭で考えても答えが見つからないときは、心と身体に見つけてもらえばいい。そんなことを頭の片隅で考えながら、エセルバートに与えられる熱を享受する。

「ニーナ、覚悟を決めてほしい。俺の手を取るか、取らないか」

コツン、と額を合わせられた。

エセルバートがニーナの手を摑んで、自身の心臓の上に置く。

布越しに伝わってくる鼓動の速さが、彼の不安を物語っているようだ。

こんなに自信に溢れた人なのに、人並みに緊張するのだとはじめて気づいた。

――そうだ。陛下もただの人なんだった。

周囲がもてはやすから忘れそうになっていたが、国王も人間なのだ。人より少し恵まれていて、けれど多くの責任を背負い、時には国民の命を預かる。そして神々が気合いを込めて作った美貌を持ったただの人間。

国王の傍には重圧と緊張を和らげる人が必要だ。その役割を担うのが王妃なら、彼が心から望んで安心できる人と一緒になってほしい。

――私になれるかしら。

彼の一番の理解者で、安らぎを与えられる人に。

王妃としての務めがどういうものなのかはわからない。けれど、公務を担うことだけが王妃の役割ではないはずだ。

国王の心に寄り添い、エセルバートを愛することなら自分にもできる。

「……そんなに私が好きですか？」

「ああ」

「どこに行っても追いかけたくなるほど？」

「そうだ。ニーナが好きだ。見ていて愉快で楽しくて、自由な生き方をしているニーナが羨ましくて、俺をただの男にさせてくれる君が愛おしくてたまらない。他の誰にも譲りたくない」

そんな風に乞われたら、女冥利に尽きる。

――じゃあ、いいかな。

難しいことはわからない。けれど努力をせずに無理だと決めつけるのは違う気がする。

大切なのはこれからも彼と一緒にいたいと思うかどうかだ。

この人の手を握ってあげたい。

国王と対等にまではなれなくてもエセルバートの隣で手を握り、励ますことも慰めることもできる。

その役目を他の誰かに譲るのは絶対に嫌だ。

――うん、認めよう。私もエセルバート様が好きで、多分ずっと前から特別に感じていたってことを。

胸の奥につかえていたものがストンと落ちた。きっとこの瞬間、ニーナの覚悟が決まった。

両手でそっとエセルバートの頬を包み、彼の唇に口づける。

はじめて自分からしたキスは拙くてぎこちなかったけれど、鼻がぶつからなかっただけ上出来だろう。

「わかりました。二人で幸せを作っていきましょう」

「……っ！」

「末永くよろしくお願いします」

「ニーナ……！」

幸せにしてもらうのではなくて、二人で新たな幸せを築いていく。

ギュッと抱きしめられた腕は、少しだけ震えていたように感じた。


馬車を降りると、ニーナはエセルバートの執務室へ連れて行かれた。本当なら星の塔で待っていたいのだが、目を離した隙に逃げると思っているらしい。

――心配性だな……。

前科があるから仕方ないとはいえ、人とすれ違うことは避けたい。

ニーナの恰好はとても城内を歩けるようなものではない。よれよれのズボンとシャツを着て、化粧も施していない。

だがエセルバートは気にしないのだろう。なにせニーナの寝間着を見ても平然としていたのだから。

誰もいないと思っていた執務室には本物のセドリックがいた。

「ようやくお帰りですか。お待ちしてました、よ……」

セドリックの視線がエセルバートの手首に注がれる。

罪人用とは少々異なる鞣（なめ）した革の手錠と、その鎖の先にはなにもかけられていない輪っか。その輪をニーナが摑んでいた。

これが意味することを、有能な側近は瞬時に理解する。

「……えーと、ご無事でなによりです」

セドリックの視線が泳いだ。見てはいけないものを見てしまったかのようなバツの悪さが伝わってくる。

ニーナは絵面が倒錯的なことをわかっていない。

「ああ、戻ったぞ。留守を任せて悪かったな」

「いえ、それは慣れていますし。ですが、その……ニーナ様をお連れになった理由をお聞きしても？」

手錠には触れないことにしたらしい。

セドリックはニーナに微笑みかけた。

その爽やかな笑みを見て、彼がエセルバートに続く貴族令嬢の人気第二位だったのを思い出す。

「無理やり連れてこられたのでしたら、私が身を挺してでも陛下を止めますよ？」

「セドリック様……なんて男前……」

まったくその気がなかった女性でもときめいてしまいそうな台詞だ。

しかしエセルバートの背中がニーナの視線を遮った。

「見つめ合っていいなんて許した覚えはないが」

「随分と狭量になられましたね……でもまあ、ニーナ様が嫌がっていないのならそれが答えだと思うことにしましょう。ですが無体を働いてはダメですからね」

「当然だ。嫌がる女性を無理やりなんて真似はしない」

合意のもとなら構わないと案に告げているが、セドリックは突っ込む気力もなかった。

「そうですか、では私はこれで失礼します」

セドリックが部屋を出て行った。

主が戻ってくるまでずっと待っていたことを思うと、ニーナも申し訳なさが募る。

エセルバートはサッとかつらを脱ぐと、執務机の引き出しから手錠の鍵を捜し出した。

何故国王の執務室に手錠があったのかは疑問だが、そういうものなのかもしれないと思うことにする。

あっさり手錠から解放された姿を見て、ニーナは微妙な気持ちになった。

「はじめから鍵を持ち歩かないなんて、万が一事故が起こったらどうするつもりだったのですか」

「そんな万が一を起こさないための護衛だったんだがな。ニーナが想定外のことばかりするから、予測がつけられない」

正面から抱きしめられたと思った直後、身体が浮遊した。

「ひゃあ……」

「というわけで、行くぞ」

「え、どこにです……？」

「城内じゃ嫌なんだろう。ならば君の住処に行くだけだ」

――城内じゃ嫌ってどういう意味？

なにを嫌がったのか、記憶の処理が追い付かない。だがそれよりも縦抱きにして城内を歩かれる方が嫌だ。

「下ろしてください。歩けますので」

「俺が抱っこしていたい」

「……わ、私は！　エセルバート様と手が繋ぎたいです」

「……」

ニーナがただ恥ずかしいから嫌だと言えば絶対に聞き入れてくれないが、きちんと要望を告げたら思案してくれる。

なんだか顔から湯気が出そうな気持ちだが、ニーナの声が届いたらしい。エセルバートはニーナを地面に下ろすと、手を差し出した。

「君から握ってくれるんだろう？」

「あ、はい……」

ギュッと握るも、手の大きさが違いすぎる。握られる方が楽だとは言いだせない。

するりとエセルバートの指が絡まった。

エスコートとも違う握り方がなんとも言えない気持ちにさせられる。ニーナの顔がすでに熱い。

――こんな風に親密に手を繋いで歩いているところを誰かに見られたら……。

瞬く間に城内に噂が立ってしまう。

せめて綺麗な恰好をしているときに隣を歩けたらよかったものの、今のニーナの恰好はみすぼらしい。

「のんびり歩いている場合じゃないです。恥ずかしいので走ります！」

「手を繋ぎながら走ったら危ないだろう」

「それでは手を放していただく方向で」

「却下」

エセルバートがにっこり笑う。

神々しいまでの笑顔は余計にニーナの羞恥を煽った。

「～～は、早く二人きりに、なりたいんです……」

上目遣いで囁くように告げた瞬間。身体が浮いた。

――え、あれ？

星の塔にまで送ってくれるのかと思いきや、横抱きにされたまま速足で連れてこられたのは国王の私室だ。以前と同じ部屋なので覚えている。

一体どんな早わざを使ったのか。気づけばニーナの背中は寝台に沈んでいた。

「ちょっと、待ってくださ……」

「待てない」

エセルバートが寝台に乗り上げた。

ニーナの目の前でおもむろに服を脱ぎだし、鍛えられた肉体が晒された。

「――ッ！」

月明りに照らされた肉体美が美しい。

陰影が浮かび上がり、その妖艶さに思わず息を呑んだ。

――初恋泥棒なんて生易しいものじゃない……。

神話の男神もかくやという美貌と色香にあてられてクラクラしそうだ。ニーナは言葉を忘れて、エセルバートの一挙一動に見入ってしまう。

「俺のニーナ」

「は……はひぃ……」

ぷつん、とシャツの釦が外された。呆然としている間にエセルバートはニーナの肌を暴いていく。

「こんなものを巻いていたのか。あまり締め付けるのは健康上よくない」

　さらしを巻いて胸を潰していたのだが、当然ながら日常的に行っているわけではない。

「切るぞ」

　脱いだ上着から小型のナイフを取り出し、肌を傷つけないようにさらしを切った。

　胸の締め付けがなくなり呼吸は楽になったが、途端に心もとない気持ちにさせられる。

「あ、あの……」

「なんだ」

　まるで脱皮でもさせられているかのように、スルスルと服を剝かれてしまう。ズボンもずり下ろされて、ニーナの下着が露わになった。

「エセルバート様は、私をどうするつもりで……」

「もちろん、既成事実を作るつもりだが」

　覚悟を決めたと言っても、少々展開が早すぎないか。

　まるで実力行使で二度と逃げられないようにすると宣言されているようだ。

「いえ、でも」

「待てと言われてもこれ以上は待てない」

　さらしを完全に抜き取られると、誰にも見せたことがない胸を晒してしまう。

　前回はシュミーズと下着をつけたままだったので、ここまで肌を見せたことはなかった。

――これは……本当に捕食されるのでは……！

はじめての夜は新婚初夜だと思っていたのに、まさか前夜祭があるなんて思いもしなかった。

そもそもニーナが真剣に結婚を意識しだしたのはつい数日前のことなので、どんな初夜を迎えたいかと考えたことすらない。

ニーナよりも断然色気が過多なエセルバートを直視していると、なんだか鼻の奥がムズムズしてくる。

少しでも時間を稼いで冷静になりたい。

「あの、せめて汗を流したいです！」

秘密の地下通路を使用して王都にまで出たのだ。汗と埃と酒場の臭いで汚れているはずだ。

ニーナは胸の前で手を組んだ。何度か瞬いて目を潤わせられないかと試みたが、涙目までは無理だった。

だが恋の病に侵された男は、ニーナの残念な姿にすら胸を掴まれるらしい。上目遣いでおねだりをされ、理性と欲望がグラついたようだ。

このまま汗の匂いを堪能して身体中を撫でまわしたいという欲求と、そんなことをいきなりしでかしたら嫌われるかもしれないという恐れがせめぎ合う。

結果、エセルバートは欲望を切り替えることにした。

「わかった、湯浴みだな」

「っ！　はい、そうです！」

「湯を張ってくる。待ってろ」

「え」

──エセルバート様が？

国王が自ら湯を張りに行くのは普通なのだろうか。

一瞬疑問に思ったが、隣の部屋が浴室になっていた。

「大浴場もあるが、そこは滅多に使わない。水がもったいないからな」

「なるほど、そうですね」

「ニーナがそっちを使いたければいつでも使用できるようにしておこう」

「いえ、お構いなく！　落ち着かなくてゆっくりできませんので」

きっと大浴場では使用人に身体を洗われるのだろう。ひとりでのんびり汗を流すのは難しいはずだ。

──でもこの方は王族なのに、ひとりで入られるのかな。

寝室の隣に浴室を作っているということは、つまりそういうことなのだろう。人に身体を洗わせている姿は想像できない。

裸体を晒したまま部屋を歩けないので、脱がされたシャツを羽織って浴室に向かった。脚を伸ばしても問題ないほどゆったりできる浴槽だ。うっかり滑って溺れないように気を付けたい。

「ありがとうございました。あとは私でもできますので」

どうぞ浴室から出て行っていいですよ。と、言葉にせずとも態度で示す。

だがエセルバートはニーナににっこり笑いかけた。

「遠慮するな、手伝ってやる」

「え」

「それにニーナが溺れないように見張った方が安全だ」

「……あの、もしかして一緒に入るなんてことは」

「なにか問題が？」

サッと踵(きびす)を返し、浴室の扉に手をかけようとする。が、それよりも早くニーナの腰に腕が回った。

「往生際が悪いぞ」

「いきなり一緒にお風呂なんて、なにを考えてるんですか！」

「君のことしか考えていないが」

シャツを脱がされ、下着にまで指がかかる。これを脱がされれば丸裸だ。

絶対に死守したいのに、布切れ一枚の防御力は無に等しい。

「まったく、手が焼ける」

「……」

ちゃぷん、と水が跳ねた。

背後から抱きしめられるように浴槽に浸かっているが、ニーナの身体は小刻みに震えている。主に羞恥と緊張で。

「ちょっとあの、離れてください……」

「……」

振り返るととてもいい笑顔を浮かべていることだろう。それはムッとしている表情とも言える。

エセルバートはニーナを抱きしめる腕に力を込めて、さらに身体を密着させた。

「ひぃぃ……っ」

「照れ隠しだとしても傷つくぞ。気持ちが通じたと思えば離れたいだなんて、随分俺を振り回してくれる」

「振り回されているのはこっちですが！」

「ニーナは魔性の女だったか」

「魔性とはかけ離れた存在ですよ」

むしろエセルバートの方が色気を駄々洩れしすぎなのだ。一般人でさえ水を滴らせれば数割増しで色香が増すというのに。

「二度と離れたいなんて言わないようにしてやりたい」

不穏な台詞を紡がれた。

胸に置かれた手が、ニーナの控えめな蕾をキュッと摘まむ。

「ひゃあ……っ」

「ここを他の誰にも触らせてはダメだ。君の肌に触れる男は俺だけだから」

エセルバートはニーナの髪をどかし、露わになったうなじに口づけた。火照った肌が淡く色づき、食べごろだと誘っている。

「ン……ッ」

胸に触れられたまま首筋にもキスをされる。

腰にはガッシリとエセルバートの腕が回り、甘い責め苦から逃げられない。

身体の火照りは内側からくるものなのか、湯に浸かっているからか。恐らく両方から与えられる熱によって、ニーナの体温は上がっていった。

「エセルバート様……」

そっと振り返る。

もう少し離れてほしいという願いを込めて彼の目を見つめると、濡れた双眸には隠しきれない情欲が浮かんでいた。

「ニーナ、そんな顔で見つめられたらこの場で犯したくなる」

「え」

顎に手をかけられて、そのまま唇が合わさった。先ほどから腰に当たる硬いものがさらに硬度を増したようだ。

「ンン……ッ！」

浴室に声が反響する。

色を帯びた声を聴きたくなくて耳を塞ぎたい。

エセルバートの自由な手がニーナの身体を撫でまわす。胸から臍の窪みにまで下りていくと、未だにくっきりと浮かび上がる痣を手のひら全体でさすってきた。

――あ、ダメ……なんだかお腹の奥が疼いちゃう……！

いつの間にかエセルバートに触れられていると頭の芯がふわふわする。

理性がグラつき、本能のまま行動したくなってしまう。

深いキスが思考を奪う。子宮が収縮し、エセルバートを欲しているかのよう。

「ニーナも俺に触って」

「……え？」

身体が反転させられて、エセルバートと向かい合うように座らされた。

彼の腰を跨ぐように座るのが卑猥すぎて、さらに羞恥で顔を赤くさせる。

「一度出さないとニーナが泣くまで暴走しそうだ」

「お手伝いします」

ふわふわしていた思考が「泣くまで」と言う言葉に反応し、咄嗟に手伝いを申し出た。だが実際なにをどうしたらいいのかはわかっていない。

──触ってというのは、どこをどう……?

意識的に視線を下げないようにしていると、エセルバートはニーナの手を取り、自身の雄へ触れさせる。

「──ッ!」

「握って」

彼の声がより一層艶めいていた。

口から漏れる吐息にまで他者を虜（とりこ）にさせるような色香を滲ませている。

──熱くて太くてツルツルしてて……。

血管が浮かび上がっている未知の生物。これが男性器だなんて、書物とは違いすぎて頭がクラクラしそうだ。片手では握りしめられない。

「こんなご立派なものを隠し持っていたのですか……」

「立派かどうかはわからないが。見せびらかして歩いていたら公然わいせつで牢屋（ろうや）行きだな」

……そうだろうか。

むしろ芸術家がこぞって彫刻にしそうだと、頭の片隅で考えてしまった。

「に、握るだけでいいのですか？」

この後はどうすればいいのか、知識がないためさっぱりわからない。この硬く芯を帯びたものは、繊細に扱わないといけないのでは。

「……上下にこすって……そう、いい子だ」

耳元で囁やかれると、ニーナの身体もぞわぞわする。下腹がキュンと反応し、分泌液が出てきそう。

エセルバートが零す吐息が熱っぽい。

目元を淡く色づかせて視線を伏せる表情を見ていると、なにやらこみ上げてくるものがある。

この感情は一体なんなのかわからないが、もっとエセルバートのいろんな表情が見てみたい。

「ン……ッ」

ニーナの手に己の手を重ねて、エセルバートが吐精した。

手のひらから伝わる生々しい感触とエセルバートの艶（あで）やかな表情が、ニーナの胸をドキドキさせる。

恥ずかしいという感情はあまりなかった。

ただ好きな人が自分の手で気持ちよくなってくれる顔が見たくて、未知なる好奇心も刺激された。

——この人のこんな顔を他の女性が見ると思うと、嫉妬心が出てきそう……。

今まで誰かに嫉妬や独占欲なんて感じたことすらなかったのに。彼の隣を他の誰にも譲りたくないと思えてくる。

——他の誰にもこんな表情を見せないで。欲を発散させるなら私の前だけにしてほしい。

自分でも理解が追い付かない感情がこみ上げてくる。

「ニーナ、すまなかった」

エセルバートは少しスッキリしたような、罪悪感が募っているような気だるい表情で謝罪した。

謝らなくてもいいのに。ニーナは真正面から彼に抱き着く。

「エセルバート様、私はどうやら嫉妬深かったようです」

「嫉妬？　君が？」

彼の首筋に顔を埋めて、ニーナはしっとり濡れた肌にぴたりとくっついた。

「あなたの艶めいた表情を他の誰にも見せたくない。私以外の誰かが、あなたが気持ちよくなるのを手伝うのは絶対に嫌です」

抱き着く腕を緩めて、ニーナはエセルバートの顔を覗き込む。

「私だけに見せて。他の誰にも見せないでください」

ニーナは生まれてはじめて誰かに強いお願いをしたかもしれない。

些細な我がままを口にしたことはあっても、心からの願いを告げたのはエセルバートがはじめてだ。

今後彼が自慰をするときにその場にいたい。ひとりで気持ちよくなってほしくない。

そんな心境の変化が自分でもおかしいと思う。

ニーナの我がままを聞いたエセルバートはしばし固まった。だがじわじわと彼の頬に赤みが増していく。

「まいった。君はほんとに……俺をただの男にする」

「え？」

わきの下に手を入れられて、そのまま縦に抱き上げられた。

バスマットの上に下ろされたと思った直後、頭上からふわふわなタオルが降ってくる。

「すごい手触りがいい……って、わぁっ」

大きめのタオルで身体をぐるぐるに巻かれ、ふたたびエセルバートに抱っこされた。彼は雑に水滴を拭っただけで、まだ濡れている。

「急にどうし……」

　先ほどと同じ寝台に下ろされた。

　エセルバートの髪から落ちた水滴がニーナの頬を濡らす。

「俺も同じ気持ちだと言ったら、君にはわかりやすいか」

「え？」

「ニーナの扇情的な姿を他の男が見たら嫉妬するどころじゃない。その目をくりぬきたくなる」

「ええ……」

　いきなりの過激な発言はちょっと驚いてしまう。

「それほど俺の独占欲は強いということだ」

　だが溜息混じりに明かされても、ニーナは嫌悪感を抱くどころかうれしいと感じてしまった。

「では、私たちは似た者同士ですね」

　──私に目をくりぬく発想はないけれど。

　独占欲が強いという点だけを考えれば似ていると言える。

　ニーナをぐるぐる巻きにしているタオルを解いてもらい、そのタオルでエセルバートの身体についた水滴を拭った。

「なんだか不思議です。いつもは私が面倒をみてもらっているのに、逆のことができるなんて」

「手がかかる男は嫌いになったか？」

「逆です。いつも与えてくださるから、同じくらい返したくなります」

もしかしたら夫婦というのはこういうことなのかもしれない。

ひとりでは不完全でも、互いの弱いところを補いあえる関係。

ニーナの手が届かないところはエセルバートを頼り、彼が取りこぼしたものはニーナが拾う。

そしたら完璧とは言えなくても、理想的な関係になれるのではないか。

「好きですよ、エセルバート様。あなたが大好きです。私は国王陛下の相手としては未熟者で頼りないけれど、これからたくさん勉強して一緒に戦えるように頑張りますから。エセルバート様が弱音を吐いても受け止められるくらい、大きな心を養（やしな）っておきますね」

「頼もしいな、俺の花嫁は」

彼が安心して弱音を吐ける相手になりたい。

他に味方がいなくなってもニーナだけは彼の味方だと信じられるほど、互いの信頼関係を築いていきたい。

「私があなたの一番の味方になります」

エセルバートが眉根を寄せた。どことなく泣き笑いのような表情を浮かべて、ニーナをきつく抱きしめる。

素肌が密着する。裸で抱きしめられることが心地いい。

互いの心音が伝わるのも安心する。

きっとこれからもっと、今まで知らなかったはじめての経験を味わっていくのだろう。それを与えてくれるのが愛する人だと思うと、不安よりも喜びが勝った。

「……もう待ったはなしだぞ」

エセルバートの切実な願いを聞いて、ニーナは頷いた。ごちゃごちゃ頭で考えるより、心の声を大事にしたい。

だが、少々不安があることは否めない。

「私もエセルバート様とひとつになりたいです。でも、物理的に無理があるかなと……」

手のひらに残る彼の雄の感触。

その大きさが一般的なのかどうかはわからないが、なかなかの質量だった。

――あれをどうやって受け入れるのかな……。

赤子を生む場所に挿入するという知識はあるが、そんなに伸縮性があるのだろうか……一体どういう構造になっているのだろう。女体の神秘を考えてしまう。

ニーナの不安を解すように、エセルバートが額に口づけを落とした。

「大丈夫だ。君はただ気持ちよくなってくれたらいい」

耳に直接声を吹き込まれる。

耳たぶを優しく食まれて、首筋に唇を押し当てられた。

ムズムズするような感覚がどこからともなく湧き上がる。くすぐったいのに、もっと触れてほしい。

「ン……ッ」

ふいに首にキツく吸い付かれ、チリッとした痛みが走った。丹念に舌先で舐められると、なんだか傷を癒す犬のように思えてくる。

「今なにを考えた？」

鎖骨の下まで移動しながら、エセルバートが肌に声を吹きかける。

その振動が肌から伝わり、胎内の熱が膨らんでいくのを感じていた。

「べ、別になにも……ただ、くすぐったいのに気持ちよくて、どうにかなってしまいそうです」

「ああ、いいな。ニーナが俺の手でどうにかなるなんて」

もっとおかしくさせたいとでも言いたげだ。含みのある声を聞くだけで、ぞわぞわした震えが走る。

――お腹の奥が熱くて重い……。

国王の運命の相手の証……撫子の痣が鮮やかに下腹を彩っている。心なしか痣の色が鮮明になっているのは気のせいか。

「……ンゥ、あぁ……っ」

胸のふくらみを可愛がられて、ニーナの口から甘やかな吐息が零れた。

こんな声を自分が出していると思うと恥ずかしくてたまらない。

五感がいつもより鋭敏になっているかのようで、エセルバートに微かに触れられるだけで腰が跳ねてしまいそうだ。

「たまらなく可愛い。ニーナの身体に俺のものだと証を刻みたい」

乳房にもチリッとした痛みを感じた。鬱血痕をつけられたのだろう。

身体が所有印だらけになるのは困る。エセルバート以外に肌を見せることはないはずだが、自分で着替えているときも今夜の行為を思い出しては悶えてしまいそうだ。

「も、もうついてますからぁ……！」

「どこに？」

「こ、ここに……」

下腹を手で撫でた。なんだか本当に、自分は彼のものだという証に思えてきた。

エセルバートの目の奥に消えようのない熱が浮かぶ。愉悦を孕んだ目でニーナの痴態をじっと観察し、胸から臍の下までそっと撫でた。

「ン、アァ……ッ」

「すごくいやらしくてたまらない。ニーナのここは、俺だけのものだと思わせてくれる」

下腹に頭を寄せて口づけられる。

そっと触れただけなのに、お腹の奥がさらに切なく収縮した。

——なにか、こぼれちゃう……。

こぽり、と愛液が溢れてニーナの内ももを濡らした。下腹に触れられるとより一層感度が高められている気がする。

エセルバートにもたらされた熱だけでこんな淫らな気持ちになってしまうなんて、自分が自分じゃいられない。

「芳(かぐわ)しい匂いが濃くなったな」

「っ！　あ、ダメ、そんなのは……っ！」

蜜を求める蝶(ちょう)のように、エセルバートはニーナの花園に顔を寄せた。両脚を押し開かれてがっちりと固定されると抵抗したくてもびくともしない。

「ひゃあぁ……！」

肉厚な舌がニーナの蜜を舐めとっている。

淫靡な水音が鼓膜を犯す。甘い責め苦から逃れたい。

「エセルバート様、ダメです……」

「嫌か？」

股に顔を埋めて見上げられる。

誰もが結婚を夢見る国王にそんな奉仕をされて、ニーナの頭は沸騰しそうだ。背徳感がこみ上げてくる。

でも困ったことに、頭ではダメだと思っても嫌ではない。

それをエセルバートも理解して問いかけたのかはわからないが、嘘をついたら別の責め苦が待っていそうだ。

「嫌……じゃ、ない……」

顔を真っ赤にさせて気持ちを伝える。恥ずかしすぎてクラクラしそうだ。

「それなら存分に可愛がろう」

じゅるっ、と蜜を啜(すす)られた。もうニーナの呼吸は酸欠寸前だ。

肉厚な舌が蜜口を浅く突き、花芽を舐めた。

敏感な場所に吸い付かれると、ニーナの熱が出口を求めて弾けた。

「アァ――……ッ！」

視界が白く染まった。

背中が弓なりに反り、つま先がシーツを蹴る。

四肢から力が抜け落ちた。呼吸は乱れて、頭もぼんやりと働かない。

「軽く達したか」

エセルバートの甘い声が届く。脱力したニーナの太ももをさすり、皮膚の薄い内ももに唇を寄せた。

このまま眠りたいほど疲れた。瞼を上げるのも億劫だ。

「まだ寝るなよ、ニーナ。本番はこれからだ」

「……ンッ」

くちゅん、と泥濘に指が二本埋まっていた。

異物感を覚えるけれど、裂けるような痛みはない。

「あ、なに……なんか、変……」

「ニーナの中を拡げないと、俺が入れない」

ああ、あのご立派なのを受け入れる準備を念入りにしてくれているのだな……とぼんやりする頭で考える。

しかし本当に入るのだろうか。合体事故が起こらないとも限らない。

少しずつ頭が働き始めて、ニーナはふたたび胎内にこもる熱を感じながら目を開けた。

「エセルバートさま……あ、ンン……ッ」

「ここか」

ひと際快楽を感じる箇所を指先でこすられた。

膣内で蠢く指がニーナの弱いところを刺激すると、子宮がキュウッと収縮し切なさを訴えてくる。

もっと奥にほしい。早く彼とひとつになりたい。

生き物としての本能の呼びかけを感じ、ニーナはエセルバートに抱き着いた。

「も、いれて……？」

「グ……ッ」

エセルバートの喉からうめき声が漏れた。なにやら苦悩しているようだ。

「もう少し指でならしてからだ」

三本目の指をグッと挿入されると、僅かに引きつるような痛みを感じた。

だがこの痛みも、エセルバートにもたらされているのだと思うとたまらない気持ちになる。

「あぁ……、もっと奥がほしい……」

「ニーナ……」

本能的な欲求に突き動かされている。

散々愛液を舐めて吸われたのに、もうニーナの泉は洪水のように溢れていた。膣内でエセルバートの指が動かされるたびに、グチュグチュとした水音が響く。

早くこの空洞を埋めてほしい。

そうすれば切ない気持ちは満たされるだろうか。

「エセルバートさま……早く……」

ニーナの眦から生理的な涙が零れる。

その直後、濡れそぼった蜜口に指とは比べ物にならない質量が押し付けられた。

「煽った責任は取ってもらうからな」

獰猛な眼差しには自分しか映っていない。

そのことがなんだかどうしようもないほどニーナの心を満たし、腹ペコなお腹も満たしてほしくなった。

「あ、あぁ……、ンぅ、アァ……ッ！」

ズズ……ッ、と押し進めた楔は一旦引っ掛かりを受けたが、そのまま最奥までひと息に挿入した。

痛みは一瞬で、内臓を押し上げる苦しさの方が上回る。

「ニーナ……」

艶めいた声がニーナの心を震わせた。

エセルバートは今まで見たことがないほどの凄絶な色香を放っていた。苦し気に眉根を寄せて、目尻を赤く染めている。

浴室での行為よりもさらに色っぽく、そしてそんな表情をさせているのが自分なのだと思うと言葉にならない。

「エセルバートさまが……中にいる」

下腹をさする。

彼の存在を感じ、本当に繫がることができたのだと実感させられた。

「ああ、そうだ。ここに俺が入ってる」

ニーナの手の上にエセルバートの手が重なる。

大きな手で円を描くようにさすられると、なんだかさらに欲望を高められている気持ちになった。

「やぁ、手つきがいやらしい……」

「いやらしい行為をしているんだから当然だろう」

喉奥で笑う声はいつも通りなのに、いつもより数倍甘い。

ニーナと繫がったままギュッと抱きしめるも、体格差があるため少々辛そうだ。

「あの、私……」

「ん？」

エセルバートの額の汗がスッと頰を伝う。

余裕そうに見せているが、彼の我慢は限界に近いのではないか。

「もっとくっつきたい……です」

自分の欲望を言うことが恥ずかしい。

ニーナは思わずエセルバートから視線を逸らした。

彼はしばし真顔で固まる。が、次の瞬間にはニーナと繋がったまま膝の上に乗せた。

「ひゃあっ！」

彼の雄を最奥まで飲み込んでしまう。ゴリッとした衝撃が脳天まで貫きそうだ。

「可愛すぎて殺意が湧きそうになった」

「ぶっそう……！」

向かい合うことで、きつく抱きしめられる。

ニーナはエセルバートの広い背中に腕を回し、彼の素肌に頬をこすりつけた。

「グゥ……ニーナ、あまり煽るな」

「え……なんで、大きく……」

お腹の中の体積が膨張し、さらに苦しくなった。

一体なにが彼の琴線に触れるのかさっぱりわからない。

「摑まってろ」と言われるまま、ニーナは上下に揺さぶられる。

彼の首に手を回し、与えられる刺激に身体を委ねた。

「はぁ、あぁっ……あァ、ンッ」

肉がぶつかり合う音がする。

身体全身が性感帯になったように、ニーナはエセルバートの熱に翻弄されていた。

「ッ、そんなに締め付けられたら……」

苦しそうな喘ぎもニーナの興奮材料になっている。

汗ばんだ肌が心地いい。

身体も心も貪欲になり、行きつく先まで行ってみたい。

顔を引き寄せられて、エセルバートからキスをされた。繋がったままキスをされると、身体だけでなく心の奥まで満たされる。

深く口づけられたままニーナの背中はふたたび寝台に沈んだ。片脚を持ちあげられて、最奥まで楔を埋められる。

「はぁ……、ン……っ」

「ニーナ、受け止めて」

言葉少なに告げた後、エセルバートはニーナの中で吐精した。

じんわりしたなにかが身体の奥深くに広がっていく。

「あぁ……」

言葉にならない充足感でお腹がいっぱいだ。

彼が自分の中から出て行ってほしくない。今は満たされているのに、ぽっかり穴ができてしまう。

「出て行かないで……」

エセルバートの腰に両脚を回し、自分から離れないようにと懇願する。

そんな無意識の本能を見て、エセルバートは詰めていた息を吐いた。

「小悪魔すぎて恐ろしい」

しばらく栓をしたまま動かないと告げると、ニーナはうれしそうに微笑んだ。

身体は全力疾走した後のように疲れている。疲労困憊（ひろうこんぱい）のまま目を閉じると、あっという間に夢の世界へ誘われた。

「……寝たか」

規則的な寝息を立てているのを確認し、エセルバートはニーナの中から分身を抜いた。

すでに硬度を取り戻している己の欲望に苦笑する。

はじめてを経験したばかりで二回戦に挑むほど、エセルバートは鬼畜ではない。ニーナに無理をさせたいわけではないし、この行為を嫌いになってほしくないから。

だが、出て行くなとねだられるとは思っていなかった。

つくづくニーナは予想外のことばかり言ってくる。

「ああ、本当に……どうしようもなく俺を振り回してくれる」

ニーナの膣口はひくひくと痙攣し、ぽっかり空いた穴からは血が混じった白濁が零れ落ちた。

その光景をじっと見つめ、己が放った残骸を指ですくう。

独占欲だけではない気持ちは一体なんなのか。征服欲にも似た感情が蠢いた。

「こんなに嫉妬深い男になるなんて思ってもいなかった」

撫子の痣に残骸を塗りながら、酒場での出来事を思い出す。

男装というにはいささか可愛すぎる変装を見て、このまま誰にも見つからない場所に連れ去ってしまおうかと本気で思った。

騎士団長に愛想のいい笑顔を見せることも、おいしそうに食事をするのを自分以外に見られることも気に食わない。

彼女の腹を満たすのは自分の役目なのにと思ったところで、どうかしていると自嘲した。

ニーナの食生活を毎日確認しているわけがないのに。ただ自分以外の男と食事をとるという行為が無性に腹立たしくなった。

「この痣は一生消させない」

エセルバートの所有の証。撫子の痣を見ているだけで、独占欲が多少なりとも満たされる。

痣がある限りニーナは他の男の元へ行かない気がした。二人を結ぶ象徴的なものに感じるのは自分だけか。

――ああ、いっそのこと俺にも痣を刻んでほしい。

ニーナのものだという証をこの身に刻めば、腹の底で湧き上がる仄暗い感情を鎮められるだろうか。

ひくつく穴の誘惑に誘われるように、エセルバートは己の欲望を寝ているニーナに挿入する。十分に濡れているため滑りはいいが、先ほどと同様に締め付けがきつい。

「はぁ……っ」

彼女の身体を考えれば二回目は自重するべきだとわかっている。だが寝ている間もニーナの身体に刻み込みたい。

気持ちいいことをたっぷり味わわせて、身体も心も離れられなくさせたい。

責任感があり、素直なニーナは一度エセルバートの手を取れば簡単には離れないとわかっている。それでもいくつも保険をかけておきたい。

たったひとりの女性を手に入れるために、ここまで慎重になるなんて。セドリックが聞いたら顔を引きつらせることだろう。

「君の中は良すぎて困る」

貪欲にエセルバートの精を搾り取ろうとする。

この中に何度も注げば、いずれニーナは子を宿すだろう。婚姻式を挙げる前に腹が膨れてしまうのはよろしくないが、それなら早く式を挙げるだけ。

ニーナが儀式の準備で忙しくしていたのと同様に、エセルバートも数か月前から婚姻式の準備を進めていた。

婚約式をすっ飛ばして婚姻するなど、今まで前例がなければ周辺国の王族にとっても異例のことだろう。

けれどそれがなんだ。前例がなければ作ればいい。

「俺たちの息子が大人になり、同じように運命の相手を見つける儀式をしたら……それがこの国の慣習になる」

親から子へ、そして孫へと受け継がれていけば、簡単にはその儀式を止めることもできなくなる。

果たしてそれがいいことか悪いことかはわからないが。身分や政治的な理由を抜きにして、心から慕う相手へ求愛できる。

王族にとって好きな伴侶を選ぶことは、他の自由を犠牲にしてもかけがえのないものだ。

自分の味方は自分で選びたい。心から愛する人が傍にいるだけで、精神的な安定も得られるはずだから。

「君も俺と同じ気持ちだろう?」

この手を取ってくれた。傍にいたいと言ってくれた。二人で幸せを築いていこうと約束した。

幸せにしてもらえることを望む令嬢が多い中で、共に歩むために戦うと言ってくれた女性はニーナがはじめてだ。

彼女ならどんなに心が折れそうなときでも、一番の味方でいてくれる。

何年もニーナの人となりを見てきたから、恋に落ちる前から自分の伴侶は彼女しかいないと確信していたのだろう。

好きなところを数えだしたらキリがない。

ころころ変わる感情を正面からぶつけてくれる。

おいしいものが好きで餌付けをさせてくれて、生活能力は乏しくても掃除には気を付けていて、無断で侵入する部屋はいつ行っても居心地がいい。

好ましいと思っていたものが手のひらから溢れる頃、ようやくそれが恋心だと気づいたのだ。

誰にも譲りたくないし、できることなら誰にも見せたくない。

ニーナが星の塔に引きこもることを良しとしたのも、エセルバートの独占欲からだ。本来ならもっと頻繁に王城に出向かせてもいいのだが、うっかり誰に見初(みそ)められるかもわからない。

「他の男に奪われなくてよかった」

柔らかな身体をゆっくり貪りながら、エセルバートは己に穢されていくニーナを見つめる。

繋がったまま一晩明かそうか。

そうすれば彼女の膣はエセルバートの形に馴染むだろう。

——孕むまで注ぎ続けたい。

己の残骸で汚した下腹にそっと触れる。少し押すとゴリッとした感触が伝わって来た。

こんな華奢な身体でエセルバートを受け入れているのだ。辛くないはずがない。

——もしも起き上がれなくなったら、この部屋に閉じ込めておけるな。

悪魔の囁きに耳を傾ける。

起こさぬようにゆっくりと律動を繰り返し、子宮口めがけて欲望を吐き出した。

そのままニーナを抱きかかえて、エセルバートは己の腕に愛しい彼女を閉じ込めたのだった。

第七章

エセルバート王の運命の相手が発表されてから僅か二か月後。ニーナは王侯貴族の婚姻で使用される大聖堂に花嫁姿で立っていた。

目まぐるしい日々が過ぎていき、気がつけば今日という歴史の一頁(ページ)を飾っていた。

一体どうして国王の婚姻式が僅か二か月後に実現できたのか。理由を訊いてもはぐらかされてわからなかった。

純白のドレスは清らかな花嫁を表しているという。

エセルバートの「純白一択」という一声で作られたドレスだそうだが、ニーナはドレスについてもいつから準備がされていたのかわからない。用意周到すぎて慄(おのの)きそうだ。

——いろいろ早すぎよね……？　ドレスだって微調整くらいしかされなかったのだけど……。

どうやって寸法を測ったのだろう。

だがよくよく考えると、測る機会はいくらでもあったかもしれない。

ニーナとエセルバートが結ばれるもっと前から、彼はセドリックとして星の塔にやってきては居眠りをしているニーナを目撃していた。

おおよその寸法さえわかってしまえば、あとはどうとでも調整できる。考えれば考えるほどニーナの思考はぐるぐる迷走しそうになった。

——もうあの頃から狙われていたのかしら……。だらしない恰好を見られていたときから？

だが考えようによっては、あんなに残念な姿を見せていたのによく好きになってくれたものだ。

高貴で美しい貴族令嬢に食指が動かないのは、政治的な理由で理性が働いているだけではなく、単純に本当に好みではなかったのか……。恐らく彼は美しさよりも愉快さを選んだのだろう。

——普通に選んだのなら特殊性癖だと思われそうだけど。儀式の効果で反感は少ないみたいでよかったのかしら。

〝占術師見習いのニーナ〟が国王の運命の相手に選ばれたと公表するのは問題があると判断し、ニーナはマルヴィナ辺境伯令嬢のロレッタとして嫁ぐことになった。

ニーナが辺境伯令嬢であることは公にされていないし、セレイナの素性も秘匿されている。占術師には家名がないので、二人の素性を知る者は国王を含めて数名しかいない。

国王の運命の相手に儀式を任せられていた占術師が選ばれるなど、不正疑惑が生じてしまう。国王が実際相手を選んでいることを公表できないのだから、祖母に迷惑をかけないためにもニーナの名は隠さなくてはいけない。

——まあ、今の私が見習いのニーナだと気づく人はいないわよね。

鏡に映る姿は、自分で言うのもなんだがすごくいい出来だった。これならエセルバートの隣を歩いても見劣りがしないのでは？　と思えるくらいに。

いつも適当に櫛で梳かしただけの緩いくせ毛は複雑に編み込まれて、花飾りで華やかな印象になっている。

今までフードをかぶっていたことが多く、人前で髪の毛を全部上げてしまうことが少々落ち着かない。

だが、今日のニーナは首を見せなくてはいけない理由があった。

「その髪型もドレスもよく似合っている」

「っ！　エセルバート様……いえ、陛下」

「二人きりのときは名前呼びでいいと言っただろう。かしこまらなくていい」

そうは言うが、急に現れたのだから驚きが隠せない。しかもニーナと同じく純白の衣装を纏った彼は、普段よりも数倍増しで神々しい美貌が輝いていた。

「色付き眼鏡がほしい……」

「は？　なんだ、それは」

「いえ、目が潰れそうだなと。美貌が眩しすぎて困ります」

ちょっと陰らせることができないだろうか。ニーナは半分目を閉じた。

「君は本当に予想外の発想ばかり……こら、目を閉じるな。俺から目を逸らすなんて君くらいだぞ」

「だ、だって、私もちょっとは着飾ったのでエセルバート様の隣に立っても見劣りしないかなって思ったのに、ずるいです。圧倒的にかっこよすぎて美の暴力です……！」

「そんな風に真正面から言うのはニーナだけだ」

笑いながら呆れているのが感じ取れる。

そろそろ目を開けようかと思った瞬間。ニーナの顎に指がかかり、唇を奪われた。

「ンンー！」

触れるだけのキスならず、舌がすかさず隙間から入り込んだ。

逃げる舌を追いかけられて絡まされると、身体の奥が痺れそうだ。

片腕で抱きしめられた腕をほどいてほしい。抗議の意味を込めてエセルバートの胸板を叩く。

濃厚な口づけに満足した頃、ようやくエセルバートはニーナを解放した。彼の唇にはニーナの紅が移っている。

大聖堂の控室で淫らな口づけをしてしまった。エセルバートの艶めかしい色香が際立ち、ニーナの顔は真っ赤になる。

「このまま押し倒したい」

「ダメに決まってます！」

すかさずエセルバートから離れるが、すぐに追い付かれてしまった。後ろから抱きしめられて、うなじに浮かぶ撫子の痣にキスされる。

「ひゃあっ！」

「首が真っ赤。ニーナのうなじを見せなくてはいけないなんて嫌だけど、仕方ない。背中を見せるよりは我慢できる」

うなじに口づけを落としながらエセルバートが呟いた。

撫子の痣はニーナの下腹にくっきり刻まれたままだ。だが当然ながら、それをエセルバート以外の人間に見せるわけにはいかない。

悩んだ末に、二人は新たな筋書きを考えることにした。

マルヴィナ辺境伯令嬢のロレッタは、自分が運命の相手に選ばれたことにしばらく気づかなかった。発見が遅れた理由がうなじに痣が浮かんでいたからだ。

肩甲骨の下あたりでもよかったが、場所を細かく指定するのは難しい。ニーナは首の裏を指定し、自分の身体にふたたび痣を浮かび上がらせた。

――身体に二個も痣があるなんて、医務官に見せるときになんて説明すればいいの……。

子供を身籠ったとき、恥ずかしい想いをするのはニーナだ。そのときはエセルバートを道連れにするつもりでいる。

「それとニーナにお守りを持ってきたんだ」

「お守り？」

その話題を聞いて身構えてしまう。

――もしかして私が作ったお守りを回収したとか、そういう？

闇賭博の景品になっていたお守りはずっと気がかりだった。

騎士団が潜入調査をして乗り込んだとは聞いたが、お守りは行方不明。本当に景品になっていたのかもわからないが、今後もお守りの行方は追ってくれるそうだ。

国王の運命の相手が見つかった以上、恋愛成就のお守りの価値は下がっているはずだが。可能な限り回収しておきたい。

だがエセルバートが持ってきたのは、ニーナが作ったお守りではなかった。

「それは一体……？」

「可愛いだろう。ガーターベルトだ」

純白のドレスと同じ布で作ったと思われる白いガーターベルトだった。太ももに装着し、ソックスがずれないように固定するためのもの。

フリルがついた可愛らしいものだが、それを渡してくる理由はひとつしかない。

「これを身に着けてほしいということですか？」

「話が早い。さあ、脚を上げて」

「えっ」

キラキラした笑顔で当然のように言われた。

ニーナは胡乱な目を向ける。

「何故エセルバート様がしゃがむんですか？　って、ちょっと待って、ドレスにもぐらないで！」

——信じられない、信じられない……！

エセルバートは躊躇(ためら)いなくドレスの裾をめくって潜り込んだ。こんな倒錯的な光景は他の誰にも見せられない。

ニーナは脚に触れてくる彼に抗議したいのを堪えながら、控室の扉が開かれないことを祈る。

両脚の太ももにガーターベルトが装着された。

エセルバートは満足そうに笑うが、髪が少し乱れている。

無言で彼の髪を整えて、ムズムズする太ももをこすり合わせた。

「もう、なんでこんなことを……」

「布が余ったから作らせた」

――絶対嘘よ！

他に作れるものはあったはずだ。それをわざわざ指定したに違いない。

「今夜脱がすまではそれを装着するように」と命じられて、ニーナは居たたまれない気持ちになる。

一日中エセルバートにつけられたガーターベルトを感じながら式に挑まなくてはいけないのか……落ち着かないし恥ずかしい。

「さて、ニーナ。いや、ロレッタ嬢。覚悟はいいな」

「……はい、望むところです」

ロレッタは社交界デビュー後、一度も社交の場には出てこなかった物静かな令嬢ということで通すつもりだ。

表向きには二人はまだ知り合って二か月で、これから愛を育んでいくとされている。

だがすでにこの二人が仲睦まじいというのは見ていて伝わるだろう。

急遽決まった婚姻式だったが、周辺国からの参列者はひとりも欠けなかったらしい。ニーナは密かに、この婚姻式も半年以上前から準備されていたのでは？　と疑っていた。

ディアンサス王国の国王陛下は眉目秀麗で用意周到。

頭も切れて少し意地悪で、でも面倒見はよくて多少性癖が不安……多くの国民が抱いている有能な国王像と本人は大分離れていると思うが、ニーナは人間味が溢れるエセルバートに惚れたのだ。

――だからきっと多分大丈夫……！

大勢の人に注目される人生など想像もしたことがなかったけれど、エセルバートという味方がいる。彼が一緒なら怖くない。ガーターベルトがずれることだけが少し怖い。

この場に参列している祖父母にも後でゆっくり話ができたらいい。

エセルバートの腕に手を置いて、誓いの言葉を述べる。

誓いのキスは何度も事前に懇願して、額にしてもらった。

いきなり唇は絶対に嫌だというニーナの意見を尊重してくれたようだ。もしかしたら控室での濃厚なキスが前払いだったのかもしれないけれど。

休む間もなくお色直しのドレスに着替えて舞踏会に参加する。

この日のために、ニーナはダンスの猛特訓もさせられた。

今までほとんどダンスの練習をしたことがなく、踊るのも社交界デビューのとき以来だ。

元々あまり令嬢らしい教育を受けていなかっただけに、簡単なステップを思い出すだけで精一杯。

もはやエセルバートに寄りかかり振り回してもらった方が楽だという域にまで達していた。

「さて、君と俺の仲を見せつけてやるぞ」

「……ほどほどにお願いします」

薄紅色のドレスを纏い、エセルバートに手を引かれる。腰にグイッと腕を回され、密着した状態で彼にすべてを委ねた。

ぎこちない動きはリードのうまさで隠されている。皆が見守る中、国王の足を踏むような失態だけは起こさないようにしたい。

「ニーナ、笑え」

「はぃ……」

とびっきり幸せな花嫁になるべく、ニーナは笑顔を張り付けたまま踊り続ける。翌日は絶対全身筋肉痛だと頭の隅で嘆きながら。


「疲れたわ……」

長い一日がようやく終わりを迎えようとしていた。

肌を見せることに慣れていないという理由で湯浴みの手伝いを断り、ニーナはひとりで汗を流す。普通の貴族令嬢なら侍女に世話をしてもらうのだろうが、下腹の痣を見せるわけにはいかない。

――肌と髪の手入れにと香油を渡されたけど、使うべきかしら。

マッサージも含めて手入れをしたいという侍女たちの仕事を奪ってしまって申し訳ないが、これはエセルバートの意向でもある。たとえ同性であっても、自分以外に肌を見せたくないと言われれば、侍女たちも従うしかない。

「微笑ましい笑顔を向けられたのだけど、気恥ずかしい……」

すっかり相思相愛の関係だと思われた。なにせ舞踏会でもエセルバートはニーナを片時も放さず、腰に腕を回したままだったのだから。

無心で薄いネグリジェを纏い、肌の透け感に赤面する。他の寝間着を探すもどこにも用意されておらず、唯一あるのは薄手のガウンが一枚のみ。

「うう……これは誰が用意したのかしら」

これでは胸の頂も透けて見えてしまう。

こんな扇情的なネグリジェを着て、世の女性たちは初夜に挑んでいるのか。夫となる男をその気にさせるために。

ふらふらになりながら寝台に向かう。このまま夢の世界へ羽ばたいてしまいたい。

国王夫妻の部屋は用意されているが、広すぎる部屋は少々落ち着かない。ニーナはもう少し小ぢんまりとした隠れ家のような部屋の方が、居心地がよくて好きだ。

――星の塔の部屋はそのまま残しているから、いつでも帰れるけれど。

ニーナの部屋はエセルバートも息抜きとして残しておきたいと言ってくれた。彼はニーナに占術師を辞めるようには言わず、ニーナの自由にさせてくれる。

ニーナに選ぶ自由を与えてくれるのはとてもありがたい。

王妃として学ばなくてはいけないことがたくさんあるため、占術師見習いは終了だと思っていた。

だがそれはエセルバートが命じることではなく、ニーナが選ぶことだと言ってくれる彼の優しさがうれしい。

——好きだなって思うのは、こういう優しさに触れたときかもしれない。

彼との時間を過ごすたびにひとつずつ好きが増えていく。

当然お互いが知らない一面も出てくるため、幻滅することもあるだろう。それでも信頼関係は太くなっていくし、互いが思いやりの心を忘れない限りきっと大丈夫だと思えてくる。

「好きが増えるってくすぐったいなぁ」

近くにあった枕を抱き寄せて、ニーナはゴロンと寝台に横になった。

忙しいエセルバートはまだ寝室に来ないだろう。少しひと眠りをしておいた方がいい。

スッと眠りに落ちて、次に意識が浮上したのは身体がひやりと冷えた頃。

——あ、薄着で眠ったから冷えたのかも……。

だが冷たさを感じたのは胸元だけ……ぼんやりと疑問を感じながら目を開ける。

「起きたか」

「……エセルバート様？」

自分に覆いかぶさるエセルバートの姿を見るのははじめてではない。

だが二人が最後まで結ばれたのは一度だけで、それ以降は多少の触れ合いはあっても彼も自重していた。式の前にうっかり身籠り、体調不良を起こすのを避けるために。

「疲れただろう。ゆっくり眠っていていい……と言いたいところだが、俺にも構ってくれないと我慢ができそうにない」

「え？」

薄手のガウンを脱がされて、防御力のないネグリジェ姿を晒している。胸元が冷たいと思ったのは、どうやらエセルバートがネグリジェ越しにニーナの胸を舐めていたからだった。

「――ッ！　ちょっと、あの」

「寝ている君に悪戯をするのもいいが、やっぱり起きているときの反応が見たい。ニーナが慌てる姿も感じる顔も、もっと見せて」

「ひえ……っ」

寝起きに目の毒すぎる男だ。

ニーナが纏うネグリジェは、胸下のリボンを解けばすぐに素肌が見えてしまう。

エセルバートは散々胸の果実を可愛がっていたようだ。ピンと主張する頂を指先でグニっと転がす。

「あぁ……っ」

リボンが解かれ、裸身が晒された。ちなみにショーツが用意されなかったのはエセルバートの要望とは思いたくない。

「可愛い。どこもかしこもいやらしくて、全部痕をつけたくなる」

剝き出しの肌に吸い付かれる。

赤く熟れた果実はエセルバートに食べてほしいとねだっているかのよう。その誘いに引き寄せられるように、彼が頂を口に含んだ。

「ン……ッ」

布越しに舐められるよりも、直に刺激を感じてしまう。舌先で転がされて強く吸われると、ニーナの敏感な身体はすぐに反応した。

——なんだかどんどん、身体が感じやすくなってる気がする……。

エセルバートにもたらされる熱を拾い上げてしまう。

身体が快楽にならされたからだろうか。この後に待ち受ける気持ちよさを知っているから抵抗する気力も起きない。

下腹が疼く。撫子の痣はニーナの快楽と共鳴するように赤く鮮明に浮かび上がり、子宮の奥に精を注がれるのを心待ちにしているかのよう。

「エセルバートさま……」

彼はニーナの胸元に赤い花を咲かせて満足そうに笑う。そんな姿もたまらないほど魅力的だ。

「なんだ、なにがほしい？」

ニーナの手をギュッと握り、指を絡めた。

シーツに手を押し付けられるのもたまらない愛を感じる。抵抗を封じるためではなく、ただ繋がり求める行為だ。

甘く囁かれた声に導かれるように、ニーナはエセルバートに懇願する。

「全部、ほしいです……」

「仰せのままに」

ゆっくりとしたキスを受け入れる。

飲みきれない唾液が口の端から零れ落ちた。一体どちらのものなのかもわからないが、好きな人と混ざり合う感覚がニーナの脳髄を蕩けさせていく。

「ニーナの全部が食いたくてたまらない」

エセルバートは荒々しく服を脱ぎ、ニーナの手を己の左胸にあてた。

身体が火照っている。手のひらから伝わる心臓の鼓動は、自分のものと同じくらい速かった。

直球で求められることがうれしくてたまらない。ほしいと思ってもらえるなら、彼が望むままなんでも与えたくなる。

「私をあげるので、エセルバート様を私にください」

「ああ、いいな。君の全部をもらえる代わりに俺もあげよう」

耳たぶを優しく食まれた。濡れた感触がニーナの感度を高めていく。

身体をまさぐる手つきがいやらしい。けれど嫌悪感は一切なく、隅々まで触れてほしくなった。

「私も触れたいです」

一体いつ鍛錬をしているのだと訊きたくなるほど、エセルバートの身体は引き締まっている。剣の腕がたつとはいえ、日々の鍛錬を怠っていたらすぐに筋肉など衰えるものではないか。

ニーナのぷにぷにした腹をどう思っているのだろうと不安に思いつつも欲望を口にすると、エセルバートはどことなく余裕の見えない表情を浮かべた。

「好きにしていいと言いたいところだが……ニーナにあちこち触れられたらすぐにでも暴発してしまう」

「では一度発散しておきますか？」

ニーナにもお手伝いの経験はあるのだ。彼の自慰行為を見たのは一度きりだが、まったくの未経験ではない。

手をワキワキと動かすと、「手錠でまとめるぞ？」と笑顔で凄まれた。いつかの夜を思い出してしまう。

「セドリック様に聞いたのですが、あの革の手錠は通常罪人を拘束するためのものではなかったとか」

「そうだな」

「つまり愛の営みに使用するものってことで……エセルバート様にはそのような拘束の趣味もあるのですね。奥が深いです」

——正直ついていけるか不安だわ。

拘束は勘弁してもらいたい。

「も？　もってなんだ」

「ガーターベルトもお好きでしょう？」

他にもあれこれ気になる性癖がありそうだが、深堀はしないでおく。

エセルバートはハッとしたように視線をニーナの太ももにずらした。

「……ない」

「それは湯浴みをしてますから、外しますよ」

「……自分の失態を嘆いている。何故もっと早く抜け出してこなかったのかと」

あちこちから挨拶を受けていたのだ。主役である国王にも付き合いはある。

「そんなに好きですか？　ガーターベルト」

「あれを口で外したかった」

「……」

ちょっとだけ引いてしまった。花嫁衣装に潜り込んで装着してきたときは、手を使っていたはずだが。

――口で外す性癖は……一般的なのかはわからない。

だが全裸でガーターベルトだけを装着したら、それこそよくわからない恰好だろう。新たな扉を開けてしまうのは双方にとってよろしくない気がする。

「まあ、いい。別に俺は無機物に執着しているわけではないからな」

「あ、そうなのですね。安心しました」

だが安心には早かった。

エセルバートの手が怪しく蠢き、ニーナの太ももを丹念に撫でる。

「ニーナの身体は全部が可愛くて愛おしいが、中でも君の脚が好きだ。肉感的で柔らかくて、脚線美が美しい」

右脚を持ちあげられて、踵（かかと）に口づけられた。

あらぬ恰好をさせられる。ニーナの秘所など丸見えだ。

踵に歯を立ててニーナを見下ろす姿が肉食獣のよう。妖しい熱を灯すエセルバートの瞳は直視しがたい。

「わ、わかりましたから、脚を下ろして……」

「満足したらな」

ふくらはぎのふくらみを揉まれると、疲れた脚によく効いた。ちょっと気持ちいいなんて言ってもいいものかはわからない。

だが不埒な手はニーナの太ももに這い上がり、きわどい内ももに強く吸い付かれた。

「ンゥ……ッ」

エセルバートは所有印を刻みたがる。そんなにあちこち痕をつけなくても、ニーナの身体にはもうふたつ痣が浮かんでいるのに。

――あれ？　そういえば以前にも似たような虫刺されが太ももについていたような……？

おぼろげな記憶が蘇ってくる前に、エセルバートがニーナの股に顔を埋めた。

「君の甘美な匂いがたまらない」

蜜を零す割れ目を舌で舐められる。

幾度となく舐めて解された場所は、エセルバートに刺激を与えられると従順に愛液を零してしまう。

よくしつけられた愛玩動物のようだ。ニーナの身体も数か月前とは比べられないくらい感度が上がっていた。

「あぁ……そんなに、吸っちゃダメ……」

「たくさん溢れて止まらない。零したらもったいないだろう？」

そんなことしてほしくないのに、理性では止められない。

エセルバートの頭に触れると、ほんのりとまだ湿り気を帯びていた。

「あ、アァッ……ン、はぁ……ん」

熱に浮かされた心地だ。気持ちいいとしか考えられない。

秘められた本能が暴かれる。エセルバートの手練手管に翻弄されて、彼に触れられるすべての場所に神経が集中してしまう。

――なにも考えられなくなっちゃう……。

お腹の奥が熱くてたまらない。子宮がキュン……と啼き、切なさを訴えている。

強く収縮するたびに、ニーナの蜜壺(みつつぼ)は愛液を零し続けた。

「もっと、奥……」

「奥がいい？」

そう、奥にほしい。

一度受け入れたことがあると余計欲してしまうのかもしれない。

彼の指を膣内で受け入れながら、ニーナは物足りなさを感じている。膣壁をこすられるのも気持ちがいいけれど、それだけでは足りないのだ。

「あぁ、ん……っ」

「ニーナ、言うんだ。なにがほしい？」

三本の指を咥（くわ）えさせられ、さらに花芽をじれったくこすられる。

弱い刺激がもどかしい。撫でられるだけでは物足りない。

ニーナの口からは雄を誘う甘い啼き声しか出てこない。なにがほしいかと言われれば、彼のすべてがほしい。

生理的な涙を浮かべながら、ニーナは懇願する。

「エセルバートさまがほしい……ここを満たして……？」

撫子の痣が浮かんだ下腹をさする。

その光景を見たエセルバートは生唾を飲み込んだ。

「君は本当に、俺を煽ってくれる」

「――ッ！」

花芽をグリッと刺激されて、ニーナは声にならない悲鳴を上げた。

胎内に溜まった熱がパンッと弾け、身体が脱力する。

キュウキュウと締め付けてくる膣から指を引き抜き、エセルバートは己の雄を泥濘に押し込んだ。

「は……あぅ」

先端がグプンと埋め込まれる。その刺激だけでニーナの腰が跳ねた。

「アァ……」

最奥まで一息で到達し、エセルバートはニーナをきつく抱きしめる。

ぎちぎちと締め付けられて苦し気に喘ぐが、ニーナが意図的にしているわけではない。

「……っ、ニーナ、大丈夫か」

達した直後に深く挿入されて、ニーナは息も絶え絶えだった。

小刻みに呼吸を繰り返し、こくんと頷く。

前回のような破瓜（はか）の痛みはないが、やはり胎内が苦しい。

エセルバートの立派な雄は、小柄なニーナには少々酷だ。だが念入りな愛撫（あいぶ）のおかげで膣は十分なほどに潤っていたし、裂けたような痛みがあるわけでもない。

「ここ……に、きてくれて、うれしい……」

下腹をさすると、彼の存在がより伝わってくる。

この場所はエセルバートしか受け入れたくない。彼の形を身体に馴染ませたい。

言葉にならない満足感を抱きながら、ニーナはエセルバートの手を取った。その手を自分の頬に押し当ててから、そっと手のひらに口づける。

「っ！　ニーナ……」

エセルバートの眦に赤みが増した。スッと細められた目の奥には獲物を骨までしゃぶりたいというぎらついた欲望が滲んでいる。

中に入っている楔がさらに膨張した。

その変化をまざまざと感じ取り、ニーナはエセルバートの興奮に胸の奥が高鳴っていた。

――うれしい、気持ちいい、もっと……。

彼の腕に囲われることが心地いい。

口では自由にしていいと言うのに、いつも腹部に回った腕はなかなか離れない。本心では囲い込みたいと思っているのだろう。エセルバートから向けられる執着心は、いつしかニーナにとって胸を満たすものになっていた。

心も身体も繋がっていたい。貪欲に求める気持ちが止まらない。

ニーナがひと際感じる箇所を重点的に刺激しながら、エセルバートは奥も攻めてくる。肉がぶつかる音も淫靡な水音も、互いの興奮を高める材料でしかない。

「アァァ……ッ」

胸の頂をキュッと摘まれ、顔中にキスの嵐が降り注ぐ。

全身全霊で愛をぶつけてくる男が愛おしくてたまらない。

「好き……好きなの」

「俺もだ、ニーナ」

汗ばんだ肌を抱きしめながら、エセルバートが子宮口めがけて吐精した。

白濁がニーナの最奥へ注がれる。

「ンン……っ」

「ッ、ク……」

体重をかけないように気を付けながら抱きしめられて、ニーナは彼の背中に腕を回す。

心地いい疲労感だ。心も身体も充足感で満ちている。

――いつしか二人の赤ちゃんが宿ったらいいな……。

そしたら名前は一緒に考えたい。自分たちで考えたものを、占術師である祖母に意見をもらって選べたらいい。

王家には跡継ぎとなる王子が望ましいが、王女もとても可愛いだろう。エセルバートにそっくりな顔の子供が生まれたら将来は安泰……いや、火種にもなり得るかもしれない。

――適度に私の遺伝子も混ぜてくれたらうれしい……。

瞼を閉じてそんな未来をつらつらと考えていると、身体に異変を感じた。

「……ん？」

未だにエセルバートがニーナの中に居座っている。

なかなか出て行かないどころか、彼の雄はふたたび硬度を取り戻していた。

「……エセルバートさま……?」

「やはり一度きりでは治まらないな」

彼は一度精を吐き出したことで幾分か余裕を取り戻していた。だが気だるい色香は先ほどよりも濃度が増しているようだ。

繋がったままニーナを上に乗せると、エセルバートは背後に倒れた。

突然のことにニーナの理解が追い付かない。殿方の上に乗せられるなんて、まるでニーナが主導権を握っているようではないか。

「えっ!」

「思う存分俺に触れたいのだろう?　好きなだけ触れていいぞ」

腰を打ち付けられて、快楽の痺れが脳天に届いた。ニーナの目に星が散る。

「アアァ……ッ」

「ほら、ニーナ。好きに動け。君がやりたいようにやっていい」

「そ、んなぁ……!」

ずんずんと奥を刺激されて、ニーナの思考が先ほどよりもぐずぐずに蕩けそう。

深々と突き刺さったエセルバートの楔は、簡単には抜けそうにない。

「やぁ、どうやって、動いたら……」

鍛えられた腹部に手を乗せる。

彼の硬い腹筋は惚れ惚れするほど美しいが、今の状態ではじっくり観察することもできない。

膝立ちをしてギリギリまで抜こうとするも、深々と突き刺さった雄が長くて容易ではない。抜こうとしても抜けず、腰を掴まれて引き戻されてしまう。

そのたびに得も言われぬ衝撃が快感となってニーナを襲い、無意識に膣壁を締め付けた。

「っ、君は本当に……俺から余裕を奪うのがうまい」

「なに、言って……ンン、抜けなぃ……っ」

「抜いてほしいのか？」

ここから、と言われながらニーナの下腹をさすられる。

慣れない体勢は苦しくて辛いのに、エセルバートが出て行くのは寂しい。

「や、だぁ……」

自分でも矛盾している。一体どうしたいのかがわからず、幼児のように首を振る。

「行かないで……でも、遠いから嫌です……」

「遠い？　なにがだ」

「だって、ギュッとできない……」

自分だけが彼の上に乗せられている状態では、抱きしめてもらうこともキスもできない。

主導権を握っているのはエセルバートだ。

力の入らない下半身ではうまく立ち上がることもできず、エセルバートにこの身を委ねるしかない。

彼はニーナの手を取り、腹筋の力で上体を起こした。そのまま強く抱きしめて、ニーナの不安を払拭する。

「これでいいか？」

「……はい、これがいい」

一番密着できて、体温を分かち合える。キスもしやすい位置にいて、自分からも抱きしめられる。

ニーナはエセルバートを受け入れたままギュッと抱き着き、同時に彼の屹立(きつりつ)も締め付けた。

「……ッ、なんて凶悪な……。このまま摑まってろ」

エセルバートの首に腕をまきつける。胸の先が彼の胸板にこすれて、じんじんとした甘い痺れが走った。

「ああ、ンァ……」

「このまま出すぞ……っ」

上下に揺さぶられながらエセルバートの限界が近いことを察する。

ふいに頭を引き寄せられて深いキスを受け入れながら、ニーナの奥深くにふたたびじわりとした熱が広がった。

エピローグ

婚姻式から一夜が明けた翌日。ニーナの元に一通の手紙が届いた。

「あれ？　おばあ様からだわ」

「セレイナからか。昨日も挨拶したはずだが」

「急用かな？　なにかしら」

遅い朝食を食べる手を止めて、ペーパーナイフで封を切る。

手紙を開くとそこにはくっきりと、『破門状』と記されていた。

「……え？」

そういえば星の塔から脱出を試みたとき、破門にしてもいいと記した手紙を梟に届けさせた。

結局旅に出る前にエセルバートたちに捕獲されたのでうやむやになったが、祖母は特に騒ぐこともなく『逃げるならもっと入念に下準備をして、念には念を入れた行動をしなさい』と言われたくらいだった。

人の心を先読みするのが得意な祖母が本気でどこかへ逃げようと思えば、誰も捕まえられないかもしれないと密かに思った。

ディアンサス国と契約を結んでいる占術師が国外に行くには、きちんと国に申請し国王からの許可が必要だ。しかし彼女ならきっと誰にも気づかれずに逃げることも容易なのだろう。

結婚後もエセルバートからの許可を得て、こっそり占術師の仕事を続けていいと言われていたのだが……破門状には「占術師見習いのニーナ」の称号を取り上げるとも書かれていた。

「つまり、君はもうニーナを名乗れないということか」

「……あ、そういうことね！」

破門の理由のひとつは、ニーナには占術師としてのセンスがないとはっきり書かれていた。

確かに国に仕えるなら、未来を見通す星読みの力を一番重要視される。だがニーナはこれが一番苦手で、当たる確率も半分以下。まともな星読みができないため、修行をはじめて数年経ってもずっと見習いのままなのだ。

小銭稼ぎのお守り作りや、その他の細々とした占いをやるだけなら好きにしたらいいが、王家に仕えるには力不足。

そしてなにより、ニーナはエセルバートの妻になった。王妃が占術師のように中立の立場でいられるはずがない。

この破門状を婚姻式に送ったら舞踏会のダンスも散々になっていただろうから、翌日にしたとも書かれていた。

気遣いはありがたいが、なんとも情けないやら悲しいやら……。

「言いにくいことを言わせてしまって、おばあ様には謝らないと」

「本当はどうしたいと思っていたんだ？」

ニーナが淹れた紅茶を飲みながら、エセルバートが問いかけた。

「本音を言うと、星の塔への出入りは許されたまま、城内に住まいを移せたらいいなって思ってました……きっと辞めてしまったら、あの塔への出入りも禁止にされてしまうから」

エセルバートとの思い出の場所でもあるし、ニーナにとってもしばらく住まわせてもらっていた思い入れのある場所だ。

たった二年と思うかもしれないけれど、あの塔でいろんな思い出を作ってきたのである。

運命の乙女の儀式のために、あれこれ徹夜で研究したことも忘れられない。

壁一面に好きな書物をぎっしり揃えて、時間ができれば本に耽（ふけ）っていたのもかけがえのない時間だ。それにエセルバートと出会った場所でもある。

出入りを禁止にされてしまったら悲しいので、決断は先送りにしていた。せめてニーナがエセルバートの子供を身籠るまでには辞める判断ができるだろうと。

そんなニーナの弱さを、セレイナは見抜いていたのである。

「でも私が落ちこぼれなのは本当のことですし、遅かれ早かれ辞める決意を迫られたかと思うので……おばあ様にハッキリ言われないと決断できないというのは情けないけど、これでスッキリしました」

思い出は記憶の中にとっておけばいい。

もしかしたら祖母がいるときなら、客人として招かれることもあるだろう。

「そうか。だがセレイナの後継者はどうなるんだ？」

「まだ十歳の義理の弟というか、従弟がいるんですけど。いい素質を持っているそうです。星読みの才能があるって」

ニーナの実の両親、オルコット伯爵夫妻が事故死した後、ニーナは母の弟一家であるマルヴィナ辺境伯に引き取られた。現在十三歳と十歳の息子がいるのだが、セレイナ曰(いわ)く末っ子が占術師の素質を受け継いでいるらしい。

破門状ともう一枚、直筆の手紙が添えられていた。

セレイナの次期後継者は幼いながらもやる気は十分にあり、そのうち星の塔に移り住むからよろしくとも書かれている。

「可愛い従弟に会えるのはうれしいけれど、なんだか世代交代の気分です。若者に居場所を譲らないとですね……」

「俺からしてみれば君も十分若いが」

確かにそうだ。エセルバートとニーナは八歳違いだ。

去年成人したばかりのニーナも十分若い。

「それで、俺が気になっているのは君の名前のことだが」

「ニーナですか？　この名前は私が見習いになるときにおばあ様からもらった占術師としての名前ですよ」

「……では本名はロレッタだけか？　ミドルネームではなく」

「はい、ロレッタだけです。子供の頃に亡くなった両親からは、ロッティって呼ばれてました」

「そうか。ならば俺もロッティと呼ぼう」

「え？」

「それともニーナがいいか？　二人きりのときだけ、君がニーナだったことを忘れないように」

「……はい、ニーナがいいです……」

ニーナとしてセドリックと出会った。彼の方はセドリックも本名だが、今はエセルバートと呼んでいる。

「わかった。それなら人前ではロッティ、二人だけのときはニーナと呼ぼう」

優しい声でエセルバートに提案された。胸の奥が温かな気持ちでいっぱいになる。

「ありがとうございます、セディ様」

「……うん、いいな。その呼び名も」

特別な人にしか呼ばせない王族のミドルネーム。

ニーナはこの日はじめてエセルバートのミドルネーム、セドリックの愛称を呼んだ。

エセルバートの治世からディアンサス国ではおとぎ話のような花嫁選びが始まり、それは少しずつ形を変えて次代へと受け継がれていく。

政略とは関係なく、国王となる者が意中の相手に求婚できるように。自分の意思で伴侶を選ぶ自由が継承されていくのだった。

あとがき

こんにちは、月城(つきしろ)うさぎです。『腹黒陛下の甘やかな策略〜婚活を助けたらプロポーズされました!?』をお読みいただきありがとうございました。

今作はヴァニラ文庫様の一作目、『王太子さまの甘すぎる偏愛〜おあずけは初夜まで〜』と同じ世界観の話です。エセルバートは一作目のヒーロー、エリオットの先祖で約一〇〇年〜一五〇年ほど前の話になります。

いつかディアンサス王国を舞台にした話をもう一度書きたいと思い続けてようやく実現できました。当初はエリオットたちの子供か、両親の話を考えていましたが、プロットの段階で儀式のはじまりを書くべきでは？　と考えて出来上がったのが今作です。

この儀式は少しずつ形を変えてエリオットたちに引き継がれましたが、最初はエセルバートの案で建国祭のイベントとして始まりました。エセルバートとニーナの孫世代ぐらいで「誰にも文句を言わせないために儀式は建国当初からってことにしよう。あと成人の儀式と統一するぞ」と、腹黒そうな王子が言ったんじゃないかと思います。（多分）。

早くお嫁さんがほしい。というか好きな子を他の男に奪われたくない一心で（笑）。

あ、脚フェチは王家の血筋だったようです。でもエセルバートはパンツを集めてないのでセーフ……でもないかもしれない。あなたの子孫、いろいろ拗らせてますよ！

あと小動物系の女性が好きなのも王家の血筋かもしれません。ニーナはとっても動かしやすくて楽しく書かせていただきました。酒場でのシーンがお気に入りです。

またディアンサス王国シリーズ（？）の第三弾を読みたいなどのご要望がありましたらぜひ、ヴァニラ文庫編集部までリクエストしていただけるとうれしいです。


イラストの小禄様、このたびも素敵な二人をありがとうございました！　初恋泥棒に相応しいエセルバートの色気たっぷりなキャララフを拝見した瞬間、口から悲鳴が出そうになりました。ニーナも可愛くて、はわわとなっている表情がたまりません。挿絵も全部好きですが、温室でのお茶会の二人が特にお気に入りです！

担当編集者のH様、今回も大変お世話になりました。イラスト指定の箇所が私の希望と同じで、見たかったシーンが見られてよかったです。いつもありがとうございます！

この本に携わってくださった皆様と、最後まで読んでくださった読者の皆様もありがとうございました。楽しんでいただけたらうれしいです！

月城うさぎ

腹黒陛下の甘やかな策略
～婚活を助けたらプロポーズされました!?～ Vanilla文庫

2023年10月20日　第1刷発行　定価はカバーに表示してあります

著　者　月城うさぎ　©USAGI TSUKISHIRO 2023
装　画　小禄
発行人　鈴木幸辰
発行所　株式会社ハーパーコリンズ・ジャパン
東京都千代田区大手町1-5-1
電話　03-6269-2883（営業）
0570-008091（読者サービス係）
印刷・製本　中央精版印刷株式会社

Printed in Japan ©K.K. HarperCollins Japan 2023 ISBN978-4-596-52750-9